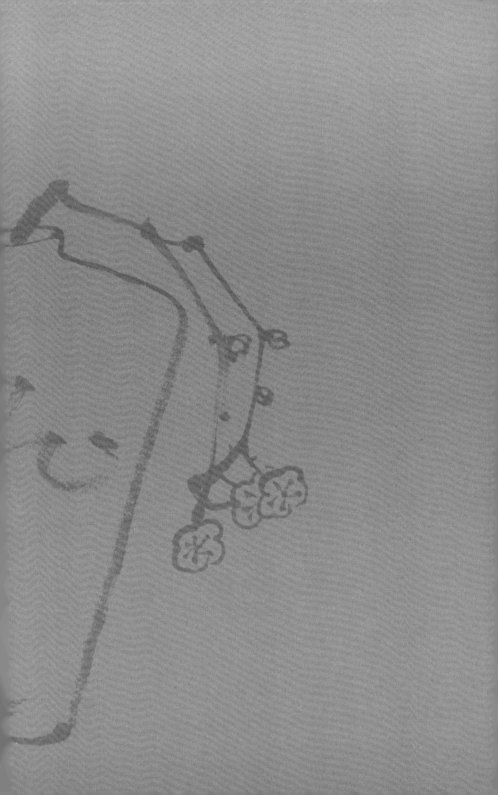

미치거나
즐기거나

이종민의 秋水客談

미치거나
즐기거나

이지출판

감히 '秋水文章'을 꿈꾸며

이미 발표한 글들을 모아 책을 낸다는 것은 쉽지만 부담스러운 일이다. 단행본으로서 주제나 문체의 일관성이 떨어지기 때문이다. 시차를 두고 쓴 글이라 때로 논리가 상반될 수도 있고 내용이 겹칠 수도 있다. 책 전체의 논리를 맞추다 보면 개별 글의 짜임새가 흐트러지기 쉽다. 짧은 글의 경우 더욱 그렇다.

그래서 망설이게 된다. 그렇게 세월을 보내다 보면 결국 시의성을 상실하고 만다. 많이 고심해서 쓴 글이지만 그냥 단발성으로 끝날 소지가 높다.

다시 그래서! 이번에는 무릅썼다. 저질러 보자! 했다. 많이 부족하지만 나름 성심을 다한 발언이니 적어도 그 진정성만은 통할 것이라 자위하며.

지난 조금 부족한 2년여 동안 일요일 오전은 항상 괄호 속에 묶어두었다. 외국에 나가는 경우를 제외하고는 화양모재(華陽茅齋) 좌탁에 앉아 컴퓨터 자판과 씨름을 했다. 여행을 떠난 경우에도 현지에서 동반자들에게 양해를 구하고 노트북에 매달렸다. 월요일자 신문 마감시간 놓치지 않기 위해.

그렇게 하여 탄생한 글이 80여 편. 모두 전북일보의 '오목대'에 실린 것들이다. '이번에는'이라 한 것은 20여 년 전에도 이 지면에 글을 실었기 때문이다. 이제 와 읽어 보면 치기 어린 부분이 없지 않지만 젊은이다운 열정도 엿보인다. 시의성 문제만 극복할 수 있다면 그것들도 책으로 묶어 볼 텐데. 많이 아쉽다. 이번에 과감하게 저지르게 된 이유이기도 하다.

때로는 발버둥해 봐도 변하지 않는 세상을 향해 삿대질 고함도 질러 보고 가장 관심 두고 있는 전통문화에 대해 쇠귀에 경 읽기 발언도 해 보았다. 때로는 소소한 일상의 이야기를 풀어내기도 하고 좋아하는 음악에 관해 '영문 모르고', '썰을 풀기도' 했다. 각각 '비극적 세계관' '거대한 뿌리' '일상의 기적' '지울 수 없는 노래'로 묶었다. 그럴듯하다! 모두 빌린 것들이다. 첫 두 개는 각각 루시앙 골드만, 김수영 시인의 표현이고 뒤의 두 개는 바브라 스트라이샌드의 노래 제목과 김정환 시인의 시집명이다. 포장이 좋다. 내용이 그 반쯤만이라도 되었으면 좋겠다.

역사를 무시하고 후퇴하는 민주주의, (전통)문화를 모르쇠 하며 천박해지는 자본세상, 그리고 이제 이념이 되어 버린 속물 이기주의, 버리고 귀거래 혜!(歸去來兮) 하고 싶다. 매실나무나 돌보며 새들 노래 소리 즐기고 싶다. 달빛 좋다고 멀리서 찾아온 벗과 더불어 대숲

바라보며 매실주나 나누고 싶다.

하지만 차마 떠날 수 없다. 꼭 큰 미련이 있어서도 아니고 대단한 희망이나 기대가 있어서도 아니다. 그냥 절망에 굴복할 수만은 없기 때문이다. 그렇게 '죽음에 이르는 길'에 들어설 수는 없다. 이때 일상의 아기자기한 일들과 음악이 큰 힘이 되어 준다. 이것들마저 없었다면 참담하고 안타까운 상황, 견디기 어려웠을 것이다.

때론 글쓰기 자체가 위안이 되기도 하고 추스름의 수단이 되어 주기도 한다. 자칫 세상의 흐름에 함몰될 수도 있을 터인데 글을 쓰다 보면 어쩔 수 없이 스스로를 뒤돌아보게 된다. 자기반성을 하면서 역사까지 되새기게 된다. 언제 좋았던 시절이 있었던가? 있었다 해도 잠시였을 뿐! 공자님도 예수님도 부처님도 하나같이 '옛날이여!' 외치며 당신들의 시대를 한탄했다. 지금 우리에게만 '비극적 세계관'이 강요되는 것은 아니다. 그렇게 글 쓰며 절망의 나락을 피해 가는 것이다.

화양모재 서재에는 나 스스로를 자연스럽게 뒤돌아보게 하는 주련(柱聯)이 있다. "봄바람처럼 큰 아량은 만물을 용납하고, 가을 물과 같이 맑은 문장은 세상의 티끌에 물들지 않는다(春風大雅能容物 秋水文章不染塵)." 선비가 갖추어야 할 두 가지 덕목을 추사 김정희 선생이 대련(對聯)으로 남긴 것이다. 글씨도 그렇지만 내용이 좋아 어렵게 복사하여 목각한 것이다.

감히 선비를 자부하지는 못하지만 흉내는 내고 싶다. 만물을 아우르는 큰 도량이야 어림도 없는 일이지만 그래도 소소한 것 아끼며 챙겨 주는 작은 생명사랑(仁)의 마음은 잃고 싶지 않다. 세속에 물들지 않은 가을 물같이 맑은 문장, 말 그대로 꿈같은 얘기인데, 꿈은 꿀 수 있는 것 아닌가? '추수객담(秋水客談)' 부제는 그런 꿈과 소망의 산물이다!

상당히 오래 지속되리라 예상했던 '오목대' 연재가 갑자기 중단되었다. 신문사 임원의 심기를 불편하게 하는 글을 몇 번 실었는데 그것 때문에? 모를 일이다. 중요한 것은 그러다 보니 한 권의 책으로 엮기에는 원고 양이 부족했다는 점이다. 그래서 비슷한 성격의 예전 칼럼들도 함께 모았다. 주로 전통문화와 관련된 것들이다. 전주를 전통문화도시로 만들기 위해 미쳤던, 아니면 신나게 즐기며 일하던 시절의 글들이다. 그래서 내용이 겹치는 것들이 몇몇 같이 실렸다. 글 쓸 당시의 열정이 아까워 버리지 못했다. 양해가 필요한 부분이다.

어려운 상황임에도 출판을 결심하고 글도 꼼꼼하게 다듬어 준 이지출판사 서용순 대표에게 감사드린다. 귀한 지면 내준 전북일보에도 고마운 마음 전한다.

바라기는 '미치거나 즐기거나!' 외치며 살아가는 '영문 모르는 교수'의 객담이 힘겨운 '세월호' 세월에 작은 위안이라도 되었으면 하는 것이다. 이를 통해 희망이 도덕적 의무임을 다시 한 번 되새길 수 있다면 더 바랄 게 없겠다.

2015년 4월 16일

'세월호' 1주기를 맞으며 화양모재에서

차례

비극적 세계관

거대한 뿌리

일상의 기적

지울 수 없는 노래

비극적 세계관

구직난 풍문의 '허와 실'

 경기 침체 여파로 구직난이 심각하다는 풍문이 흉흉하게 나돌고 있다. 특히 대학 졸업자들의 취업난은 국가의 경제 및 교육정책 실패의 구체적 사례로까지 들먹여지고 있다. 또 현 정권에 비판적인 보수언론들은 곧잘 이를 선정적으로 부풀려 자신들의 비판논리를 정당화하기도 한다.

그러나 그 내막을 자세히 들여다보면 꼭 그런 것만도 아닌 듯하다. 우선 소위 3D 업종의 경우 현재에도 심각한 '구인난' 을 겪고 있다. 구체적인 통계를 들먹이지 않더라도 확인할 수 있는 것이 제조업체의 생산직 대부분이 외국인 근로자로 채워지고 있다는 점이다.

특히 대학 졸업생들의 경우 사회적 수요와 무관하게 자신들이 지원할 곳의 종류와 기준을 미리 정해 놓고 나머지들에는 눈길조차 주지 않는다. 말하자면 구직난이 정책 실패에 의한 구조적인 문제이기보다는 직업의 귀천을 따지는 우리 사회의 그릇된 풍토와 연관되어 있다고 할 수 있는 것이다. 이와 연계하여 학벌을 중시하는 우리의 독특한 문화가 필요 이상으로 대학의 수를 증가시킨 것도 간과할 수 없는 사회적 요인이라 하겠다.

또 하나 심각하게 고려해야 할 점은 이제 우리도 전업(專業) 직장이나 평생직장의 개념이 통하지 않는 고도의 전문화 사회로 접어들고 있다는 점이다. 전문성을 근거로 한 파트타임 일이 성행할 수밖에 없으며 경영합리화를 앞세운 구조조정이 지속되는 상황도 이러한 변화를 가속시킬 것이다.

선진자본주의 국가에서는 이러한 풍토가 이미 오래전에 정착된 바 있다. 오후에는 음향기기 전문점에서 판매 일을 하고 저녁에는 플루트 강습을 하는 식으로 살아가는 사람이 보편화되어 있는 것이다. 바람직한 현상이라 할 수는 없지만 금방 변화시킬 수 없는 현실이라면 좀 더 적극적인 대응자세를 취해야 할 것이다.

이제 경제난이나 실업대란만을 탓하고 있을 때가 아니다. 직업에 대한 새로운 개념과 태도를 적극적으로 받아들여 이에 따른 대처를 해야 한다. 직업의 귀천을 따지는 봉건적 사고도 불식해야 하며 파트타임 일도 당당한 직업으로 수용해야 하는 것이다. 이를 위해 괜한 숫자놀음으로 불안심리만 가중시키는 언론의 태도도 하루 빨리 개선되어야 할 것이다.

노블리스 오블리제

세계 컴퓨터 시장을 좌지우지하고 있는 빌 게이츠의 또 하나의 꿈은 '잘 사는 나라 수준의 보건 여건이 당연한 인권으로 간주되도록 만드는 것'이다. 이러한 보건복지를 실현하기 위해 그가 만든 재단의 자산은 무려 240억 달러, 우리 돈으로 30조 원이 넘는다.

일부 말하기 좋아하는 사람들은 수입의 절반이 넘는 엄청난 세금을 줄이기 위해 울며 겨자 먹기로 하는 기부라고 비아냥거리기도 하지만, 미국이나 유럽에 보편화되어 있는 기부문화를 생각하면 그럴 일이 아니라는 것을 쉽게 알 수 있다.

20여 년 전 포클랜드 전쟁에 영국의 앤드류 왕자가 전투기 조종사로 참전하여 큰 화제가 된 적이 있다. 미국 부시 정부가 들어선 후 상속세를 감면하려 하자 대부호들이 앞다투어 이를 반대하고 나선 일도 있었다.

한 사회의 지도층 인사들이 이처럼 솔선수범하는 것을 노블리스 오블리제(Noblesse Oblige)라 한다. 이 말의 의미는 '고귀한 신분에 따른 윤리적 의무'다. 사회나 법의 강제에 의한 것이 아니라 특권층 스스로 자신들의 명예와 입지를 세우기 위해 '전략적'으로 부과한 자율적 도덕률을 뜻하는 것이다.

우리라고 이처럼 소중한 전통이 없었을 리 없다. 양반이나 선비정신이 그것이다. 국가가 위기에 처했을 때 자기 자산을 털어 군대를 조직해 싸웠던 많은 의병장들이 그 구체적 예라 할 수 있다.

안타까운 것은 이것이 제대로 계승되지 못하고 있다는 점이다. 우리 상류층은 오블리제 없는 노블리스, 즉 의무를 망각한 특권 신분집단에 불과하다. 재화든 권력이든 이를 자신들의 특권을 지키기 위한 수단으로만 사용하고 있다. '천민적 졸부' 문화가 만연해 있는 것이다.

최근 들어 몇몇 부자들이 부의 사회적 환원을 점차 늘리고 있으며 유명 스포츠 스타들이 상당한 액수의 기부금을 사회에 내놓는 등 모범을 보이고 있는 것은 그나마 반가운 일이라 하겠다. 바람직하기로는 이처럼 소박한 자선행위를 넘어 재단 창립이나 기부문화 정착 등으로 제도화되었으면 하는 것이다. 제2, 제3의 한국적 빌 게이츠를 기대해 본다.

망국적인 영어 공용화 정책

"언어가 사라지면 그것을 통해 표현이 가능한 인간의 사고 와 지식을 잃게 된다."

이것은 유네스코가 '세계 멸종 위기 언어지도' 보고서에서 지적한 내용이다. 이 보고서를 보면 "개별 국가의 강압적 언어정책과 유력 언어 사용의 확산으로 사라질 위기에 놓인 언어"가 3천여 개에 이른다는 것이다. 유엔환경프로그램 '위기에 처한 언어를 위한 기금' 등에서도 사라져 가는 언어들의 보호에 깊은 관심을 기울이고 있다.

그런데 우리는 거꾸로 가고 있다. 우리말과 글을 스스로 홀대하고 있는 것이다. 영어 열풍 때문이다. 미국의 한 신문은 어린이 혀수술까지 자행하는 이 땅의 광적인 영어 열풍을 비웃은 바 있다.

더욱 안타까운 것은 정부가 나서서 이를 부추기고 있다는 점이다. 청와대에서 열린 대통령·국민경제자문회의·경제정책조정회의에서 '동북아 비즈니스 중심국가 실현방안'을 확정했는데, 그 방안 가운데 영어교육 강화와 '경제특구' 영어 공용화 구축 내용이 들어 있다.

경제특구에 영어를 공용으로 했을 때 득실은 무엇일까? 이는 제주 도특별법 추진 때 이미 제기된 바 있다. 이곳에 드나드는 외국인들이 누릴 편의와 투자효과에 비해 한국인이 치러야 할 대가가 비교할 수 없을 만큼 크다. 전문가들이 지적하는 대표적 폐해로는 민족 정체성 혼란 가중, 언어 혼란 심화, 민족문화 파괴, 국어 천시, 언어 계층 발생 등이 있다. 특히 유의할 점은 그 폐해가 특구에 한정되지 않고 곧장 온 나라로 퍼지게 된다는 것이다.

현재도 확인할 수 있는 일이지만 그렇게 되면 영어 공부에 치여 정작 필요한 전문적 지식이나 역량의 배양은 꿈도 꿀 수 없게 된다. 어렵게 획득한 영어 실력을 통해 정작 전달할 내용이 없거나 부실해지게 되는 것이다.

영어는 '교통어'일 뿐이다. 모국어가 서로 다른 사람들이 교류하는 데 필요해서 사용하는 언어인 것이다. 그것은 몇몇 전문가들에게 의존하면 된다. 모든 국민이 나설 일이 아니라는 말이다. 중요한 것은 교류할 내용을 충실하게 챙기는 것이다. 이를 위해서라도 영어가 모든 것을 보장해 줄 것이라는 허위의식부터 버려야겠다.

위기의 지방대학

 지방대학이 근본부터 흔들리고 있다. 물론 어제오늘의 일이 아니다. 문제는 위기 담론이 수십 년째 반복되고 있지만 크게 달라진 것이 없다는 데 있다. 오히려 위기론이 확산될수록 어려움이 가중되고 있는 형국이다.

현재 지방대학의 어려움을 단순한 재정난으로 해석하는 것은 한계가 있다. 거기에는 우리 사회가 안고 있는 총체적 모순이 복합적으로, 구조적으로 얽혀 있다. 사회문화적 수도권 집중 현상이 교육부분으로 표출되고 있는 형태라 할 수 있는 것이다.

그 구체적 모습은 크게 세 가지 현상으로 집약된다. 우선 정원 미달 사태를 들 수 있다. 삼류대학으로 낙인찍힐까 두려워 쉬쉬하고 있지만 입학정원을 제대로 채운 지방대학은 거의 없다. 있다 하더라도 한바탕 학생 유치 '전쟁'을 치르고서야 가능한 일이다. 그나마 확보한 인원마저 편입학으로 빼앗기고 나면 지방대학의 몰골은 말그대로 스산하기 짝이 없다.

또 하나 심각한 것은 교수들의 이탈이다. 지방대학들이 소위 잘나가는 서울 소재 대학의 교수를 조달하는 창구 내지는 '징검다리'

역할을 울며 겨자 먹기로 하고 있다. 이로 인한 잔류 교수들의 상대적 박탈감도 심각한 일이지만 교육과 연구 질의 급격한 저하는 악순환을 가중시키는 것으로, 대학 존립 자체에 치명적 영향을 줄 수 있다.

위기를 더욱 부채질하는 것은 연구기반의 부실화다. 교수는 물론이요 박사나 석사과정 연구 인력을 확보할 수 없어 연구 '무풍지대'가 되어 가고 있는 것이다. '두뇌한국 21' 등 국가 차원의 연구 프로젝트는 지방대학의 모습을 더욱 초라하게 만들 뿐이다.

'지방대 육성 특별법' 제정 운동은 이러한 위기의식의 산물이라 할 수 있다. 특단의 조치가 없으면 지방대학은 몰락할 수밖에 없으며, 결국 전체 대학의 공멸로 이어질 것이다. 더욱 유의해야 할 점은 지방대학의 위기가 한국 사회의 심각한 징후, 곧 지방의 붕괴를 의미한다는 점이다. 우리가 '지방대 육성 특별법'이나 코앞으로 다가온 우리 지역 대학들의 총장선거에 깊은 관심을 가져야 할 이유가 바로 여기에 있다.

박사 실업대란

 박사 실업이 급증하고 있다. 특히 인문 사회과학의 경우에는 열 명 중 한두 명만이 고정적인 일자리를 확보하고 있다. 고급 인력의 취업난이 세계적인 추세이기는 하지만 우리나라의 적체현상은 특히 심각한 편이다.

이들 고급 인력이 그나마 활용되고 있는 곳이 대학 강사 자리다. 그러나 처우는 빈약하기 이를 데 없다. 대학 강의의 거의 절반을 담당하고 있는 그들의 수입은 전임들의 4분의 1밖에 되지 않는다.

또한 비정규직이어서 긴 방학 중에는 '무노동 무임금'이다. 그들의 신분은 조교보다도 열악하며 연금이나 보험 등에서도 소외되어 있다. 강사대우를 학기제로 해야 한다는 주장이 지속적으로 제기되지만 실현될 가능성은 현 대학의 사정을 고려해 볼 때 거의 없다고 할 수 있다.

그나마 최근 들어 이 엄청난 고급 인력의 손실을 완화하기 위한 조처들이 강구되고 있는 것이 반가울 뿐이다. 박사후연구원제도나 비전임연구자에게 연구비를 지급하겠다는 학술진흥재단의 방침 변화와 일부 대학에서 실시하고 있는 대우교수, 강의전담교수제가 미온적이지만 개선책이라 할 수 있다.

이러한 상황에서 발표된 정부의 강사 처우 개선 대책은 만시지탄이 있지만 획기적인 것이라 할 수 있다. 강사료를 현실화하고 방학 중에도 연구비를 지급하겠다는 방안은 지속적으로 실천만 된다면 그간에 자행된 착취의 '죄'를 보상해 줄 수 있을 것이다.

문제는 일선 대학에서 이 방침을 제대로 수행할 것인가에 달려 있다. 대학이 구조조정에 혈안이 되어 있고 고급 인력의 공급과잉이 엄연한 현실인데 이 방안을 수용할지가 미심쩍은 것이다. 정부의 강력한 지도단속을 요구하는 것도 이 때문이다.

더 이상 고급 인력이 낭비되는 일은 없어야 한다. 학문 후속 세대의 단절은 국가적 위기로 이어질 수 있다. 이를 방지하기 위해 한탕주의 정책 발표에 안주하지 말고 좀 더 치밀한 국가적 차원의 고급 인력 수급계획을 종합적으로 모색해야 할 것이다.

남경학살기념관

 20세기 초 일본은 아시아 일대에서 연속적인 침략전쟁을 일으켜 곳곳을 핏빛으로 물들였다. 그 대표적인 사건이 남경대학살이다.

1937년 12월 13일, 당시 중국의 수도 남경을 점령한 일본군의 만행은 특히 잔혹했다. 중국군 포로는 물론 무고한 시민들까지도 검도 연습의 제물이 되었다. 산 채로 매장되거나 구덩이에 던져져 기름을 뒤집어쓰고 불타 죽은 사람이 부지기수였다. 학살은 이듬해 2월 초까지 6주 동안 계속되었다. 도륙당한 희생자 수가 무려 30여만 명!

역사는 기억하는 자의 것이다. 그 교훈은 과거를 되새기며 이로부터 배우려는 사람에게만 가치 있는 것이다. 수십 년 동안 남경대학살은 일본과 중국 모두에 의해 은폐되어 왔다. 가해자야 당연히 숨기고 싶었겠지만, 피해자 역시 외침에 수도가 유린된 수치스러운 사건을 되새기고 싶지 않았다.

그러나 이러한 양국의 '공모'는 아이리스 장(Iris Chang)이라는 젊은 저널리스트의 열정적인 활동에 의해 와해된다. 그녀의 유명한 책

『남경대학살』에 의해 그 실상이 알려지면서 더 이상 모르쇠 할 수 없는 상황에 처하게 된 것이다. 일본의 은폐 음모는 계속되지만 중국의 태도는 급반전한다. 이를 추모 기념하기 위한 대대적인 사업이 기획된 것이다. 그 결과물이 남경학살기념관이다.

2007년 확장 재개장된 이 기념관은 크게 실내 기념관과 야외 기념 시설로 구분되는데, 우선 생생하고 방대한 자료가 압도적이다. 전시 기법도 최신 것들을 맘껏 활용하여 관람객들로 하여금 역사의 현장에 와 있다는 느낌을 절감하게 해 주고 있다.

'용서는 하되 잊지는 말자!' 이 기념관의 모토다. 용서하기 위해서는 진상을 제대로 파악해야 한다. 그런데 우리는 이런 기본 작업조차 예산 타령 등으로 게을리하며 이로 인해 반목과 원한의 역사를 되풀이하고 있다. 가까이는 용산참사, 광주항쟁 그리고 동학농민혁명까지!

2014년 동학농민혁명 두 육십갑자(120주년)를 이렇게 맞이할 수는 없다. 제대로 기리는 역사가 훌륭한 관광자원으로 거듭날 수 있다는 점을 감안해서라도 서둘러 추스를 일이다.

완주+ 전주 = 완전의 땅

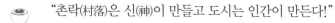

"촌락(村落)은 신(神)이 만들고 도시는 인간이 만든다!"

자연의 위력을 강조하는 말로 새길 수도 있고 사람의 노력이 중요하다는 점을 상기시키는 말로 치부할 수도 있다.

풍성한 자연으로 둘러싸여 있는 농촌지역에서는 인간의 어지간한 노력도 자연의 위력 앞에 맥이 풀릴 수밖에 없다. 도시라고 자연을 거스를 수는 없지만 인간의 진정어린 열정만으로도 일정 정도의 성취는 맛볼 수 있다. 하여 도시를 인류 문명의 꽃이라 이르는 것이리라.

그러나 얻음이 있으면 잃음이 있는 법. 도시의 발달이 주변 농촌지역의 낙후를 가속화하는 것은 말할 것도 없고 스스로도 많은 문제점을 드러내고 있다. 후기 산업사회에 이르러서는 더 심각해져 새로운 형태의 행정단위를 모색하게 되는데, 결론은 도농복합형 공동체다. 도시가 확보한 문명의 이기로 주변지역의 낙후를 개선하고 농촌 자연이 지닌 잠재력을 통해 도시의 병리현상을 극복해 나가자는 것이다.

이와 관련하여 주목받는 곳이 완주 · 전주다. 원래 하나였기 때문에 그렇고 현재 모습이 자연의 순리를 거스르고 있기에 더욱 그렇다. 많은 완주군민은 전주를 거치지 않고 군청에 이르기가 어렵다.(예전에는 군청이 아예 전주 안에 있었다!) 국회의원도 그 안에 있는 전주가 아니라 그 밖에 있는 김제와 합하여 하나를 내고 있다. 너무나 기형적이다. 해방 직후 효율적 도시개발을 내세우며 획책한 행정단위를 아직도 바로잡지 못하고 있다. 사실은 도농복합론이 나오기 이전에 되돌려 놓았어야 할 일이다.

농촌은 급속한 변화를 두려워한다. 농업은 그 결과가 한 해의 살림을 좌우하기 때문이다. 쉽게 모험할 수 없다. 경계할 일은 이를 교묘하게 악용하는 기득권 세력이다. 이들은 변화로 인한 부작용을 공포 수준으로 확대재생산한다. 토론 자체가 불가능할 정도로!

자신의 이(利)를 교묘하게 포장하여 자연의 순리를 거역하는 이들의 억척을 차단하는 일이 무엇보다 시급하다. 완전을 꿈꾸는 완주와 전주. 정부에서 추진하려는 행정단위 개편에 떠밀려 강제되기 전에 하나가 되어야 한다.

동학농민혁명기념일

정읍 조소마을의 전봉준 장군 고택에 가면 다소 슬픈 표정을 짓고 있는 장군의 초상을 만날 수 있다. 영겁의 피안을 응시하는 듯 먼 곳에 초점을 맞추고 있는 시선은 격변의 파도를 온몸으로 맞으며 살다간 혁명아에게는 좀처럼 어울릴 것 같지 않은 모습이다.

저런 눈으로 어떻게 완고한 봉건질서를 깨뜨리려 했단 말인가. 저런 눈빛으로 어찌 성난 파도처럼 밀려오는 외세에 항거하고자 분연히 떨쳐 일어선 농민군들을 호령할 수 있었을까. 그 이후에 진행될 뒤틀림의 역사를 이미 짐작하고 있었던 것일까. 일제와 그 이후 독재정권들에 의한 것은 말할 것도 없고 그 정신을 계승하겠다는 사람들에 의해 현재형으로 진행되고 있는 축소와 전유(專有)의 왜곡을?

역사는 언제든 왜곡될 수 있다. 혁명의 대의는 현실정치 속에서 소실되게 마련이고 성공한 혁명조차 '죽 쑤어 개 주는' 꼴이 되기 십상이다. 역설적이게도 혁명정신에 걸맞지 않은 전 두 대통령이 세운 황토재(黃土峴) 기념탑과 기념관이 이를 웅변해 주고 있다. 그것도 부족하여 다른 주요 유적지가 허허 잡초 투성이인 마당에 또 다른 기념관을 하필 그곳에 덩실 세운 것도 그렇다.

왜곡은 혁명 120주년을 앞두고도 현재진행형이다. 일본의 한 대학 연구실에 방치되어 있던 농민군 지도자 유해는 전주역사박물관 수장고에 또 다른 형태로 유기되어 있다. 아직도 지역이기주의에 발목 잡혀 혁명기념일조차 정하지 못하고 있다.

20세기 동아시아 국제질서 변화에 획기적 전기였으며 우리나라 근대 민족민주운동의 시발점이었던 이 역사적 사건을 조그만 고을의 일로 기리려는 왜곡은 두 번째 육십갑자를 앞두고도 끈질기게 진행 중이다.

이제는 바로잡아야 한다. 농민혁명이 어느 특정지역의 전유물일 수는 없다. 이 지역이 험한 시절에 이 소중한 역사를 지켜 온 공은 가상한 일이다. 그러나 그 공을 내세워 역사 왜곡을 자행하는 것은 그 공조차 까먹는 일이 될 수 있다.

'동학혁명', 5·16 그리고 10월유신

 기금은 전북도, 도 농협, 정읍군에서 각각 1백만 원씩 내놓기로 했다. 그런데 이 소식을 들은 당시 국가재건회의 교통체신위원장이었던 박두선(朴斗先) 장군(정읍 출신)이 박정희 의장에게 건의하여 1백만 원을 얻어 와 총 4백만 원의 기금이 마련됐다. 그때 4백만 원이란 돈은 대단히 큰돈이었다.

황토현의 갑오동학혁명기념탑이 세워질 때 그 기금(성금이 아니라!)이 어떻게 마련되었는가에 대한, 당시 중심에 서 있었던 이치백 원로언론인의 증언이다.

이 회고록에 의하면 이 사업이 처음 제안된 것이 1963년 7월. 도단위 기관장들도 참여한 한 술자리에서 당시 전북지사였던 김인(金仁, 현역 육군준장)에게 건의하면서 시작된다. 김 지사는 '너무도 시원하게' 동의하고 다음 날 농협 도지부장, 정읍군수, 도 공보실장과의 자리까지 주선해 준다. "모든 일은 일사천리로 진행되어 우선 갑오동학혁명기념탑을 세우기로 이야기를 모으고 건립추진위원회를 조직했다."

위원장에 가람 이병기 선생이 추대되고 기념노래(작사 신석정, 작곡 김성태)까지 마련되는 등 "건립사업은 순조로이 진행되어 마침내 이해 10월 3일, 황토현 현지에서 제막식을 가졌다." 박정희 국가재건회의 의장이 '임석한' 가운데.

1963년이면 비상시국이다. 5·16군사쿠데타 이후 2년, 아직 민정 이양 직전의 가파른 정국. 이런 시국에 동학난으로 불리던 사건을 기념하자는 제안은 거의 목숨을 건 모험이다. 그리고 제안 3개월 만에 그 많은 기금을 모으고 기념노래가 만들어지며 기념탑이 세워진다. 과연 국가(재건회의) 차원의 비상조처가 수반되지 않고도 가능했을까? 동학농민혁명 100주년기념사업은 준비모임 하는 데만 2년 이상이 걸렸는데.

그리고 10년 후인 1973년, 10월유신 1년 후에 우금치 동학혁명군 위령탑이 세워진다. 마찬가지로 건립위원회는 조직되었다. 그 비문에 왈 "님들이 가신 지 80년, 5·16혁명 이래의 신생 조국이 새삼 동학농민군의 순국정신을 오늘에 되살리면서 빛나는 10월유신의 한 돌을 보내게 된 만큼 우리 모두가 피어린 이 언덕에 잠든 그 님들의 넋을 달래기 위해 이 탑을 세우노니… 서기 1973년 11월 11일 제자 대통령 박정희" 그중 '5·16혁명' '10월유신' '대통령 박정희' 부분은 망치질로 지워졌다.

역사는 기리는 것 자체가 아니라 누가 어떤 정신으로 기리느냐가 중요하다.

'코카시즘' 마녀사냥 피하는 길

그들이 사회민주당원들을 감금했을 때, 나는 침묵했다.

나는 사회민주당원이 아니었기에

그들이 노동조합원들을 잡아갈 때, 나는 침묵했다.

나는 노동조합원이 아니었기에

그들이 유태인들을 잡아갈 때, 나는 침묵했다.

나는 유태인이 아니었기에

그들이 나를 잡아갈 때, 나를 위해 항의해 줄 이들이

아무도 남아 있지 않았다.

마르틴 니묄러 목사의 '그들이 나를 잡아갈 때'

　정부가 나서서 국회의원을 넷이나 낸 정당을 강제로 해산하려 하는데도 나는 침묵하고 있다. 그 정당 소속도 아니고 그 정당을 지지하지도 않았기 때문에. 아주 사소한 이유로 전교조를 법외노조화하려 밀어붙일 때도 나는 애써 모르쇠 했다. 적어도 지금은 그 조합원이 아니고 이제껏 약간은 비판적 입장에 서 있기도 했으니까. 뿐만 아니라 교수노조는 반대하고 있기 때문에.

"빨갱이 이석기 변호하려면 북한으로 가라!" 어버이연합 어르신들이 목소리를 높여도 사실 별 관심이 없다. 그를 잘 알지도 못하지만 드러난 그의 행적을 썩 좋아하지도 않으니까.

대학에서 마르크스 자본론과 변증법적 유물론을 강의하던 강사가 한 수강생에 의해 국가정보원에 간첩 좌익사범으로 신고되었다는 소식에 조금 움찔하기는 했지만, 또 침묵의 반응을 계속 견지했다. 나는 영시(英詩)와 그 배경으로 그리스 로마 신화, 그리고 우리나라 사람이라면 누구나 좋아하는 영어를 가르치고 있으니까.

실은 이런 생각을 하고 있다. 아니, 그렇게 믿고 싶다. 말도 안 되는 '코카시즘(한국적 매카시즘)' 광풍. 스스로 자신의 무덤을 파고 있는 것이라고. 많은 사람이 우리나라가 민주화되었다고 안심하며 손 놓고 있었던 것도 뼈아픈 착각이지만, 민주주의에 대한 열망이나 이를 삶의 당연한 조건이요 권리로 여기는, 그래서 그것이 훼손될 경우 분연히 떨쳐 일어날 민주화 세력이 다 사라져 버린 듯 막무가내로 날뛰는 저들이야말로 매우 치명적인 패착을, 그것도 연속으로 두고 있는 것이라고.

스프링은 임계점까지만 움츠러들 뿐이다. 언젠가는 반드시 솟아오르게 되어 있다. 정의구현사제단이 또다시 그 첫 신호를 보내왔다. 초연한 듯 무심하고 게으른, 꼭 나 닮은 사람들 퍼뜩 정신 차리라고. 광풍의 마녀사냥, 언제 어디서든 당할 수 있는 것. 그때 되어 두리번거리지 말고 지금 나서 함께 가라앉히자고.

인문학의 위기 혹은 열풍

한때 위기론에 시달리던 인문학이 요즘 들어 '열풍'에 가까운 인기를 누리고 있다. 언론사나 다양한 문화단체들이 마련한 인문학 강좌가 성황을 이루고 있다.

그런데 이런 '위기론'과 '인기몰이'는 동전의 양면과 같은 현상이다. 위기임을 강조하는 것은 그 중요성에 상응하는 대접을 받지 못하고 있다는 염려일 것이고, 이런 걱정이 이를 극복하기 위한 노력과 그에 대한 호응 혹은 반응으로 이어질 것이기 때문이다.

인문학이란 한 마디로 우리 삶의 근원적 문제에 대한 포괄적이며 체계적인 성찰이라 할 수 있을 터, 그 위기란 바로 우리 삶을 단편적으로, 편협하게, 중구난방으로 성찰, 아니 방기하는 경향의 다른 이름이다.

개인의 취업에 함몰되어 그 가능성에 결정적인 영향을 주는 우리 사회의 정치적 · 경제적 · 문화적 조건에 무관심하거나 그 조건을 개선시키기 위한 사회적 노력에는 정작 등을 돌리는 젊은이들의 편향이 대표적인 예라 할 수 있다.

돈벌이에 혈안이 되어, 에리히 프롬의 표현을 빌리자면 '소유

(Having)'에만 급급하여 또 다른, 좀 더 본질적인 삶의 전제인 '존재 (Being)'을 돌보지 않는, 경제와 '실용'에 취해 인간으로서의 존엄도 이를 위한 민주주의도 법도 도덕도 헌신짝 취급을 하는, 우리 모두의 뒤틀린 인생관 또한 인문학 위기의 또 다른 징후라 할 수 있다.

따지고 보면 인문학의 위기는 어제오늘 얘기가 아니다. 석가모니의 설법이나 공자님의 말씀, 예수님의 복음이나 소크라테스의 '변명'까지, 삶의 근원적 문제를 도외시하는 천박한 반인문학적 세태에 대한 질타에 다름 아니다.

돈이나 권력에 대한 욕심이 바람직한 삶을 오히려 방해할 뿐이라는, 그분들의 숱한 경계에도 불구하고 자본주의는 여전히 복음이요 금과옥조다. 단편적 지식이 도구적 이성으로 전락할 수 있다는 염려에도 불구하고 효용성을 앞세운 분업의 분과 학문은 지금도 '미다스의 손'처럼 장려되고 있다. '통섭'이나 '학제 간 연구'가 전혀 새로운 개념으로 해석될 만큼.

그래서 요즘 인문학의 인기몰이도 혹할 일이 아니다. 인생무상을 느끼기 시작하는 정년세대들의 교양교육에 대한 열망에 힘입은, 그것도 수도권 일부에서나 확인할 수 있는 현상일 뿐, 젊은 세대들에게나 지방에서는 여전히 좋지만 받아들이기는 어려운 '공자님 말씀'일 따름이다. 우리나라, 우리 세대의 일만이 아니라는 게 한 가닥 위안이라면 위안이랄까?

불통시대의 희망

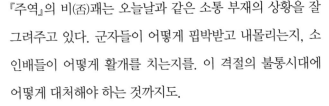

『주역』의 비(否)괘는 오늘날과 같은 소통 부재의 상황을 잘 그려주고 있다. 군자들이 어떻게 핍박받고 내몰리는지, 소인배들이 어떻게 활개를 치는지를. 이 격절의 불통시대에 어떻게 대처해야 하는 것까지도.

이 괘의 상을 보면 위에 하늘(乾)이 있고 아래에 땅(坤)이 있다. 하늘의 기운은 위로 올라가고 땅의 기세는 아래로 내려가려 하니 서로 소통하지 못한다. 언로(言路)가 막혀 버린 불신의 난세를 상징하는 것이다.

특이한 것은 이 괘의 바로 앞에 태(泰)괘가 배치되어 있다는 점. 이 태괘는 서로가 감통 교감하는 치세(治世)를 나타낸다. 만물유전(萬物流轉). 잠시 방심하면 악화가 양화를 구축하듯 좋은 시절이 이내 악인들이 판치는 세상으로 변해 버린다는 것을 경계하기 위한 배려이리라.

문제는 이 소인배 악인들의 위선을 간파하기가 참으로 어렵다는 것. 이들의 발호로 조광조가 사약을 마시고 소크라테스가 독배를 들어야 하는 상황이 다반사로 나타난다.

첫 효(爻)는 난세의 시작. 세상의 중심을 악인들이 차지하고 있어 선인들은 다시 바른 사회를 회복하기 위해 띠뿌리처럼 연대하며 올곧은 마음을 간직한 채 때를 기다려야 한다. 둘째 효에서는 소인들이 아첨과 교언(巧言)으로 혹세무민할 때 군자는 물러나 대인의 도를 지켜야 화를 면할 수 있음을 강조하고 있다. 셋째 효는 소인배들이 바르지 못한 자리를 독차지하며 부끄러운 짓을 서슴지 않는 난세의 절정을 나타낸다.

극즉반(極即反). 네 번째 효는 극에 달한 난세를 헤쳐 나갈 반전의 징후가 나타남을 보여 준다. 구약의 선지자들처럼 은인자중하던 의인들이 목소리를 내기 시작한다. 종교인들의 시국선언과 '안녕하십니까?' 대자보가 바로 그런 예다. 이제 그 막힘이 뚫리고(제5효) 마침내는 그 상황이 종료되게 마련이다(마지막 효).

그래서 불통의 시대가 오히려 희망이다. 민주주의가 자연스럽게 정착되리라는 안이하고 나태한 마음을 다시 추스르게 해 주고 있으니.

중요한 것은 '망하리라 망하리라(其亡其亡)'는 위기의식을 놓아 버려서는 안 된다는 것이다.

전미개오(轉迷開悟)

전미개오, 번뇌로 인한 미혹에서 벗어나 깨달음(열반)에 이른다는 뜻으로 2014년 교수들이 선택한 '희망의 사자성어' 1위를 차지했다.

속임과 거짓됨에서 벗어나 세상을 바르게 보자. 우리 사회가 이처럼 어지러운 것은 거짓된 세력 때문만이 아니다. 우리의 헛된 욕망을 그들이 이용하기 때문이다. 국민 하나하나가 미망에서 깨어나 현재를 바로 봐야 한다.

민주주의는 국민의 참여와 성찰의 힘이 하나의 기둥이 될 때 실질적으로 작동한다. 백성이 깨어 있어야 지도자도 대오각성, 상생과 번영의 길을 도모하게 된다. 전미개오를 선택한 이유들이다.

실로 속임과 미혹의 연속이다. 2013년은 점입가경, 속임수를 다른 속임으로 덮는, 그렇게 우리를 미혹에 빠지게 하는 일들이 거듭되었다. NLL 포기 여부 공방이 정상회담 대화록 폐기 혹은 삭제 공방으로 이어지고, 국정원 등 국가기관의 대선 개입 문제는 검찰총장의 사생활 문제를 부각함으로써 호도되고, 조직적 선거 개입을 개인적 일탈로 치부하더니 결국에는 종북타령으로 이어지고.

문제는 이러한 혹세무민의 전략이 어제오늘의 일이 아닌데도 계속 미혹의 수렁에 빠진다는 것이다. 대선 당시 여야가 이구동성으로 주장했던 복지 확대, 경제민주화, 양극화 해소 등의 주요 공약이 흐지부지 실종되어 버렸는데도 개의치 않고 개인의 일상 챙기기에 급급하고 있다.

기초노령연금 폐지 문제로 해당 장관이 사임하고 경제민주화를 입안했던 핵심 참모가 밀려나 비판의 목소리를 높이고 있는데도 여전히 대통령 국정 수행 능력에 박수를 보내고 있다. 참다 못해 종교인들이 시국선언을 하고 대학생들이 대자보를 붙여 대는데도 모르쇠 내 밥그릇 돌보는 일에만 열중하고 있다.

전미개오가 격탁양청(激濁揚淸, 탁류를 몰아내고 청파를 끌어들인다)이나 여민동락(與民同樂, 백성과 함께 즐긴다)을 제치고 으뜸으로 뽑힌 이유가 바로 여기에 있다. 이처럼 답답한 현실에 대한 교수들의 안타까움. 정의 실현이나 불평등의 해소도 정치권에 책임을 묻기 전에 먼저 국민들이 깨어 있어야 견인할 수 있는 것.

미혹에 휘둘리지 않는 깨어 있는 시민들의 조직적 연대가 민주주의의 초석임을 아프게 되새기게 하는 갑오년 아침이다. '가보세 가보세 을미적 을미적 병신 되면 못 가 보리.' 120년 전의 아픔을 떠올리며.

서열화에 길들여진 사회

 역시 삼성이다! 갤럭시, 애니카, SM5, 삼성카드, 삼성병원까지, 많은 사람들이 욕망하는 것 맨 윗자리를 삼성이 항상 차지하고 있다. 삼성에 취업만 해도 축하주를 사야 하고 그 친인척들마저 부러움의 대상이 된다.

운동도 최고다. 야구팀은 30년 프로야구 역사상 최초의 3년 연승, 자매 배구팀은 6년 연속 우승 기록을 세웠다. 고위 관리들도 퇴임하고 삼성에 가는 것을 최고의 영광으로 안다. 김용철 변호사의 증언에 의하면 학자, 법조인, 심지어 국회의원에 이르기까지 각 분야에서 많은 '삼성장학생' 들이 막강한 영향력을 행사하고 있다.

그러니 '삼성총장추천제' 는 오만함이나 판단착오의 산물이 아니다. '삼성고시' 라 불리는 SSAT에 10만 명 이상이 몰리는 과열현상을 해소하고 학벌이나 스펙에 연연하지 않는 창의적 인재를 선발하겠다는 명분으로 이 제도를 발표했을 때만 해도 '역시 삼성이구나!' 하는 반응이 있었다.

그러나 대학별 할당 인원이 발표되면서 분위기가 반전되었다. 지역차별, 성차별이라며 호남지역 대학들과 여대들이 먼저 반발했다.

대학 서열화 혹은 대학 줄 세우기 등의 비난이 뒤를 이었다. 1차 서류전형을 면제해 주는 것이라며 의미 축소의 해(변)명을 내놨지만 이미 기울기 시작한 여론의 방향을 되돌릴 수는 없었다. 결국 없던 일이 되고 말았다.

많은 생각을 하게 하는 해프닝이다. 대학 서열화가 어제오늘 일인가? 수험생들은 물론 학부모들도 대학의 서열을 당연한 것으로 받아들이고 있고 소위 상위권 대학에 진학하기 위해 (없는) 영혼까지 팔겠다는 기세 아닌가.

서열을 높이기 위해 대학들은 또 얼마나 큰 희생을 감수하며 몸부림하고 있는가. 대학 줄 세우기도 마찬가지. 평가를 명목으로 대학들을 압박하는 조선일보나 중앙일보 등은 말할 것도 없고 교육부의 핵심 정책 방향도 바로 대학 줄 세우기다. 그 끝에 총장직선제 폐지가 있다.

이번 삼성의 발표로 기존 평가보다 서열이 개선되었어도 대학에서 반발을 했을까? 취향이나 역량과 관계없이 직업을 서열화하는 사회, 개인의 감성이나 은밀한 영혼과 관련된 배우자감까지 등수를 매기는 사회, 검색어 순위 따위에 목을 매는 사회. 삼성은 이런 뿌리 깊은 서열화 문화에 편승했을 뿐이다.

더욱 오싹한 것은 삼성의 의연함이요 우리의 호들갑이다. 서열화 문화가 개선되지 않으면 삼성의 음밀한 촉수는 언제든 되살아날 것이다. 대학뿐 아니라 우리 모두를 줄 세우기 위하여!

일본 지식인들의 고민

 동경에서 이색적인 출판기념회가 있었다. 한국의 대표적인 인권변호사가 쓴 『한일 현대사와 평화·민주주의를 생각하다』(일본평론사)의 일본어 출판을 기념하기 위한 것으로 일본의 대표적인 지식인들이 초청, 마련한 자리다. 참석자도 평소 그분을 따르는 소수 한국인을 제외하면 모두 일본의 진보지식인들이었다.

임진왜란을 다룬 '월하의 침략자', 일제의 식민통치를 고발한 '백만인의 신세타령' 그리고 '동학농민혁명'까지, 일본이 가해자로 한국(조선)이 피해자로 진행된 역사적 사건들을 객관적으로 조명하는 다큐멘터리를 꾸준하게 제작하고 있는 마에다 겐지 감독, 동학농민혁명에 대한 연구에 남다른 열정을 보이며 수차례 전적지 답사를 해온 나라여자대학 나카즈카 아키라 명예교수, 우리나라 신문에 '동아시아 평화와 한일 문제' 등에 관한 글을 지속적으로 기고하고 있는 교토대학 와다 하루키 명예교수, 수십 년 동안 대학 연구실 한 구석에 방치되어 있던 동학농민군 지도자 유골 송환을 위해 발 벗고 나섰을 뿐만 아니라 직접 모시고 전주를 방문하여 사죄의 고유문까지 낭독한 홋카이도대학의 이노우에 가츠오 교수 등 일본의 양심을 대변하는 대표적 지식인 50여 명이 참석했다.

모임 성격상 저자와 개인적 친분이 있는 사람들이 모였을 것인데 마치 일본 대표적 진보지식인들의 단합대회 같았다. 두 시간 가까이 계속된 축사도 개인적 덕담보다 불편해진 한일 관계와 위기에 처한 동아시아 4개국의 민주주의에 대한 염려, 우경화로 치닫는 아베 정권에 대한 신랄한 비판, 그리고 이를 타개하기 위한 한일 지식인들 노력의 당위성 등이 주를 이루었다. 평소 점잖고 수줍음 많은 마에다 감독의 축사는 반성과 단합을 촉구하는 웅변의 전형이었다.

분위기로만 봐서는 내로라하는 양심세력들이 고민하고 열정적으로 그 타개책까지 모색하고 있으니 동아시아 평화든 민주주의 인권 문제든 이내 해결될 것처럼 느껴졌다. 그러나 이를 취재하던 아사히신문의 사쿠라이 이즈미 기자는 전혀 다른 전망을 내놓았다. 일본 내 이런 분위기에 동조하는 세력이 극소수에 불과하며, 더 심각한 것은 이들을 이을 후속 세대가 거의 없다는 것. 일본 대부분의 젊은이들은 정치적 무관심의 덫에 걸려 있고 몇몇 극우 젊은이들만이 관심을 기울이고 있다는 것이다.

안타까운 것은 이것이 바다 건너의 얘기만이 아니라는 것이다. 이 땅의 현실이요 고민이라는 점이다.

사월은 잔인한 달

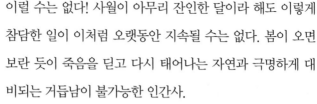 이럴 수는 없다! 사월이 아무리 잔인한 달이라 해도 이렇게 참담한 일이 이처럼 오랫동안 지속될 수는 없다. 봄이 오면 보란 듯이 죽음을 딛고 다시 태어나는 자연과 극명하게 대비되는 거듭남이 불가능한 인간사.

그래서 20세기를 연 서구의 한 시인이 "사월은 가장 잔인한 달이다" 했다지만 이렇게 말도 안 되는 일이 반복 재현되는 것을 지켜보는 것은 참으로 견디기 힘든 일이다.

칠흑의 바닷속에서 죽음을 기다리는 어린 생명들, 그들을 위해 할 수 있는 일은 찾지 못한 채 새 생명을 키워 보겠다고 고추, 상추 심는 스스로가 가소롭다. 착잡하다. 그 처참한 모습을 지켜보고 있어야만 하는 부모 형제들, 그들의 검게 타들어가는 가슴을 달래 줄 길 없어 화사한 복사꽃, 배꽃 바라보는 마음이 오히려 스산하기만 하다. 여지없이 잔인한 계절이다.

"사월도 알맹이만 남고 껍데기는 가라!" 했건만 껍데기들만 남아 먼지 풀풀 날리는 흰소리들 해대는 모습도 잔인하기는 마찬가지다. 낯내기 좋아하는 정치인이나 선정적 보도로 주목받으려는 언론의 속성, 도움을 주기는커녕 오히려 방해하는 주책을 현장에 와서 떠는 모습은 이 계절을 더 슬프게 한다.

비통함으로 죽음보다 더한 고통을 겪고 있는 실종자 가족들에게 자기 관할 지역이 아니어서 어떻게 할 수 없다며 목소리를 높이는 것은 무슨 경우인가. 그렇다면 수행원 잔뜩 거느리고 나타나 번거롭게 할 일이 아니었다. 그 초조한 검은 가슴에 대고 "장관님 오셨습니다!" 귓속말 속삭이는 것은 또 무엇을 어쩌자는 것인가. 그 지옥의 아수라장 속에서도 예를 갖추라. 자식 죽어 가는 모습을 지켜보는 부모에게 할 수 있는 주문인가. 국정책임자가 상황 파악도 하지 못한 채 엉뚱한 질문(책)을 해대는 모습 또한 슬프기는 마찬가지.

우리 수준이 이 정도인가. 이 나라 국격(國格)이 정말 이 정도밖에 안 된단 말인가. 1970년 남영호, 1993년 서해페리호, 그리고 성격은 좀 다르지만 천안함, 사고도 사고지만 더 심각한 것은 이에 대처하는 국가시스템의 부실 문제다.

국민의 안전을 기한다고 행정자치부를 행정안전부, 이를 다시 안정행정부로 고치고도 안전불감증은 여전한 고질병으로 남아 있으며 대처 방안은 주먹구구에 우왕좌왕, 꼴이 아니다. 정녕 이래서는 안 되는데!

유가족과 실종자 가족들에게 심심한 위로의 말씀 전한다. 그러나 말이 무슨 소용? 참으로 잔인한 계절이다.

건전한 선거문화를 위하여

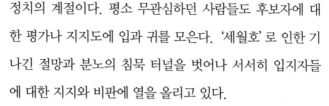 정치의 계절이다. 평소 무관심하던 사람들도 후보자에 대한 평가나 지지도에 입과 귀를 모은다. '세월호'로 인한 기나긴 절망과 분노의 침묵 터널을 벗어나 서서히 입지자들에 대한 지지와 비판에 열을 올리고 있다.

신문과 방송도 마찬가지다. 선거 관련 기사가 거의 모든 면을 장식하고 후보 검증을 위한 토론회 중계로 정규방송 프로그램들도 자주 문을 내려야 할 형편이다. 국가재난으로 선거 열기가 살아나지 않으면 어쩌나 하는 걱정은 그야말로 기우가 되고 말았다.

하지만 염려되는 바가 없지 않다. 막말 토론과 언론의 불공정한 보도 때문이다. 정책 토론은 뒷전으로 밀리고 후보자들의 개인 신상에 대한 비방이 난무하고 있다. 공정한 정보를 제공해 유권자들의 올바른 선택을 유도해야 할 언론은 드러내놓고 편향적 보도를 일삼고 있다.

더욱 심각한 것은 신문사 논설위원이나 시민단체 임원들도 예외가 아니라는 점이다. 그들은 공인이다. 그들의 글은 신문사나 시민단체의 입장으로 해석될 수 있다. 객관성 유지에 최선을 다해야 하며 사사로운 감정 개입은 당연 피해야 한다.

하지만 현실은 그렇지 않다. 개인의 선호를 분명하게 드러내는 것을 주저하지 않고 있다. 지지하는 후보에 대한 '깨알칭찬'은 그래도 봐줄 만하다. 반대하는 후보나 세력에 대한 저주에 가까운 악담은 언론이 지켜야 할 최소한의 도마저 저버린 행태다. 글은 인격이라 했는데 같은 지면에 칼럼이 함께 실려 있다는 게 민망할 정도다.

선거는 승자 독식의 처절한 싸움이다. 그래서 토론은 뜨거울 수밖에 없다. 그래서 더욱 예의와 금도(襟度)가 필요하다. 이를 여론 주도층이라 할 수 있는 사람들이 앞서서 깨고 있다는 것은 개탄스러운 일이다.

자칫 막말 토론이나 편향보도가 정치에 대한 혐오를 넘어 민주주의 자체에 대한 회의로 이어지지 않을까 염려스럽다. 막말은 막말로 이어지며 언론의 사유화(私有化)는 곧 민주주의의 위기로 계승된다. 건전한 선거문화가 정착되어야 그 후유증도 최소화할 수 있다. 그래야 정치와 민주주의의 공멸을 피해 갈 수 있는 것이다.

여자는 군자가 될 수 없다?

 봄이 가고 있는데도 꽃구경 한번 제대로 하지 못했다. 피워 보지도 못하고 바닷물 속에서 차갑게 죽어 간 젊은 넋들 때문이다. 이를 지켜보고 있어야만 하는 부모 형제들의 가슴에 차오르는 피고름을 생각하면 차마 화사한 꽃에 눈길을 줄 수가 없다. 그렇게 온 국민이 집단 우울증에 걸려 잔인한 사월을 넘어 계절의 여왕이라는 오월도 견디고 있다.

그런데도 대통령을 비롯한 정부 관계자들은 책임회피에 연연하고 있다. 그럴듯한 희생양을 골라 국면을 전환시키려고만 할 뿐 유가족이나 실종자 가족들에 대한 진정어린 사과조차 미루고 있다. 남 탓만 해대는 소인배들의 후안무치(厚顔無恥)가 이 계절은 물론 대한민국의 국격마저 훼손시키고 있는 것이다.

국가재난 시 구조의 궁극 책임은 대통령에게 있다. 이번 재난의 경우에는 발생 원인의 상당 부분도 이름만 안전행정부로 바꾸었을 뿐 국민 안전을 위한 응분의 체제를 구축하지 못한, 아니 오히려 각종 규제를 풀어 불안전을 조장한 정부에 있다. 그런데도 남 탓만 해대고 있다.

제대로 된 사람은 일에 대한 평가기준도 자기에게서 구한다. 남들의 평가에 일희일비(一喜一悲)하지 않는다. 남들의 입방아에 놀아나지 않고 스스로 최선을 다했는지를 묻는다. 이번처럼 세상의 평가가 두려워 언론을 동원하거나 이를 위한 연출을 하지는 않는다. 사과도, 남에게 보여 주기 위한, 언론이나 여론을 의식한 말뿐인 사과는 군자라면 응당 부끄럽게 여겨 피한다. 진정성이 있어야 하며 그 잘못에 대한 구체적 진단과 처방이 전제되어야 한다.

막연히 책임을 통감한다는 발언(읽기)은 면피용 변명이기 십상이다. 역시 군자답지 못한 굴신(屈身)이다. 그러니 위로는커녕 화만 북돋울 수밖에.

군자는 제대로 된 사람을 가리키지만 치자(治者)를 뜻하기도 한다. 제대로 된 사람만이 치자가 되어야 한다는 뜻이리라. 이 계절을 느끼며, 혹 '여자는 군자가 될 수 없다!' 미리 자포자기하고 있는 것은 아닌가 하는 의심을 쉽게 떨칠 수가 없다. 참으로 수상하고 참담한 계절이다!

비극적 세계관

 정조 이후의 혼란 쇠퇴기를 연상시키는 요즘의 상황, 루시
안 골드만의 '비극적 세계관'을 곱씹는다. 세월호에 갇힌
민초들은 불안과 분노를 삭이지 못하고 있는데 위정자들은
엉뚱한 '민생' 챙긴다며 파쟁만 일삼고 있다. 진실이 빤한
데 허위의 말장난으로 민심을 어지럽히고 있다.

자아의 진실과 세상의 허위 틈에서 고뇌하는 인간이 택하는 태도
가 '비극적 세계관'이다. 세상이 온통 거짓과 부패 속에 빠져 있을
때, 그런 현실에 굽히고 들어갈 수 없는 사람이 선택할 수 있는 길은
세 가지다.

거짓 세상을 버리고 초월적 진실 속으로 은퇴해 버리는 것이 하나
요, 세상을 진실된 것으로 뜯어고치기 위해 현실 속에서 투쟁하는
것이 둘이다. 그러나 두 번째의 경우 진실과 허위의 간극이 건너뛸
수 없도록 아득하다면 어찌해야 할까? 그때 취하게 되는 길이 바로
비극적 세계관이다.

북유럽으로 서둘러 이민 가방을 챙기는 것이 첫 번째 길이라면 광
화문 광장에 모여 기꺼이 동조 단식을 감행하는 것이 두 번째 길이

요, 떠나지도 뛰어들지도 못하며 고뇌의 술잔만 기울이며 탄식으로 울분을 삭이는 것이 세 번째 길이리라.

그러나 자포자기는 아니다. 진실의 관점에서 보면 세상을 완전히 거부하지만 현실의 관점에서는 그것을 완전히 받아들인다. 현실이 싫지만 이 현실을 통하지 않고는 진실에 이를 수 있는 길이 없다는 비극적 역설 앞에 고뇌하는 것이다. 그것은 운이 좋으면 밀턴의 『실낙원』이나 베토벤의 「영웅교향곡」과 같은 위대한 예술로 피어나기도 하지만 대부분 포장마차에서의 혁명이나 허한 담배연기로 사라지곤 한다.

부재로만 존재하는 진실, 루시안 골드만은 이를 '숨은 신(Hidden God)'이라 부른다. 한용운 선사는 이를 논개에 빗대어 "죽지 않은 그대가 / 이 세상에는 없고나" 탄식한 바 있다. 다시 신동엽 시인은 이를 먹구름에 갇혀 하늘을 보지 못하는 상황으로 비유했다. 푸른 하늘이 엄존하는데 구름 껍데기에 가려 볼 수가 없다. 그래서 "껍데기는 가라" 외친 것이다.

물론 외친다고 사라질 구름이 아니다. 잠시 "티 없이 맑은 영원의 하늘"이 나타나기도 하지만 이를 덮을 또 다른 구름이 밀려온다. 정조 이후의 세도정치, 동학농민혁명 후의 일제강점, 4·19와 5·16, '서울의 봄'과 신군부, 그리고 오늘 유신의 부활까지.

다시 담배를 피워야 하나? 아니면 「군도」의 민란을 보며 극장에서라도 혁명을 꿈꾸어야 하나?

서울 장학숙 딜레마

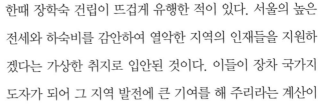

한때 장학숙 건립이 뜨겁게 유행한 적이 있다. 서울의 높은 전세와 하숙비를 감안하여 열악한 지역의 인재들을 지원하겠다는 가상한 취지로 입안된 것이다. 이들이 장차 국가지도자가 되어 그 지역 발전에 큰 기여를 해 주리라는 계산이 저변에 있다. 이를 통해 교육에 한 맺힌 지역민들의 표를 얻겠다는 저의도 물론 깔려 있는 정책이다.

그 덕분에 많은 지역의 인재들이 서울의 대학에 진학할 수 있었다. 그 덕에 지역의 대학은 더 열악해지고 더불어 인구 및 인재의 서울 쏠림은 심화일로에 있다. 지역을 살리겠다는 정책이 오히려 그 지역을 소외시키고 중앙-지방의 차이만 더 조장하고 있다. 지역 대학생들의 열등의식만 잔뜩 조장한 채 지역의 푼돈으로 서울 경제를 살찌우고 지역의 인재마저 빼앗기는 꼴이 되고 말았다.

잘난 인재들은 자신들에게 주어지는 특혜를 별로 고마워하지 않는다. 당연한 특권으로 향유할 뿐이다. 그들이 그것을 은혜로 여겨 지역을 위해 노력하리라 기대하는 것은 먹이로 훈련시킨 강아지가 먹이 없이도 주인을 위해 봉사하기를 바라는 것과 같다. 자기 몸

추스르기도 버거워 이 지역과의 인연을 애써 감추려는 이 지역 출신 중앙 고위층들을 보라.

더구나 이제 소수 인재들에 기대어 지역발전을 꾀하는 시절은 지났다. 지역 스스로 내부 역량을 키워 가지 못하면 감나무 밑에서 감 떨어지기 기다리는 꼴 되기 십상이다. 오려고도 하지 않는 한양 낭군 언제까지 기다리고 있을 수만은 없다. 기다림은 새만금 30년으로 족하다!

그 예산과 노력, 지역의 대학을 살리는 데 모아 주는 것이 더 생산적이다. 현재 지방대학은 쇠락의 위기에 처해 있다. 문제는 이러한 대학의 쇠락이 바로 지방의 붕괴로 이어지고 다시 이것이 대학의 부실화를 재촉하는 것으로 확대재생산 된다는 점이다. 현존 장학숙 사업은 이런 악순환의 고리를 더욱 튼튼하게 하는 데 기여할 뿐이다.

그런 차원에서 이런 제안을 하고 싶다. 이 지역 대학 소재 도시에 우리나라는 물론 전 세계 인재들을 위한 장학숙을 지으라고. 인재육성장학금도 이 지역 출신보다는 이 지역 대학에 다니는 인재들, 특히 외국인 학생들을 위한 것으로 바꿔 가라고. 이를 통해 지역경제 활성화에도 기여하고 지역의 대학을 살릴 뿐 아니라 세계와 소통하는 길도 열어 가라고. 변덕스러운 개인에 기대지 말고 지속가능한 시스템을 구축해 가라고. 지역이나 지역 대학의 위기가 중앙–지방의 구조적 모순과 함께 얽혀 있는 것이니.

'변별력' 중독증

 대학수능시험 결과가 발표되면서 난이도 조절에 실패했다는 비난여론이 거세게 일고 있다. 특히 성적 우수 학생들의 경우 변별력이 거의 없어 '판세분석'이 어려우며 진학지도에도 큰 혼란이 야기될 것이라는 것이다.

변별력이 떨어질 경우 '손해'를 볼 수도 있는 세칭 일류대학 관계자들이라면 몰라도 다른 사람들이 이를 두고 호들갑을 떠는 것은 납득하기 어려운 일이다. 자기 자식만이 '피해'를 입을까 조바심하는 것도 어쭙잖지만, 대학 서열화의 문제점을 제기하던 사람들마저 '변별력 타령'을 늘어놓는 것은 더욱 볼썽사납다. 더구나 '전인교육'에 '대안학교'를 떠들어대던 언론들이 앞장서서 전 수험생을 일렬로 세우지 못해 안달하는 모습은 안타까운 일이다.

크게 보아 이러한 '변별력 중독증'의 기저에는 모든 것을 계량화하여 그 등위를 매겨야만 직성이 풀리는 묘한 우리의 문화풍토가 자리하고 있다. 모든 대학과 학과를 서열화하고 모든 수험생에 등수를 매겨 차례차례로 배정해야만 속이 시원한 것이다.

대학 서열화야말로 대입문제로 집약되는 파행교육의 핵심고리라 할 수 있다. 한 단계라도 높은 등위의 대학에 보내기 위해 그 많은 수험생과 학부모들이 피를 말리고 있지 않은가? 서열이 엄존하는데 이런 경향만을 탓할 수는 없을 것이다. 문제는 그 서열이 비정상적인 것이라는 데 있다. 전공의 영역이 엄연히 다른데 대학마다 학과마다 순위대로 줄을 세운다는 것이 어디 가당키나 한 일인가.

이번 '변별력의 실패'가 이런 의미에서 본다면 다행스러운 일일 수 있다. 일류로 평가받지 못하는 대학에서도 우수 학생을 유치할 수 있는 가능성이 조금은 열린 것이다. 물론 이것도 대학 지원을 증권투자 하듯 엄밀한 '판세분석'에 의존하여 한다면 물 건너간 일이지만 말이다. 이를 계기로 순위 매기기 문화가 조금이나마 완화될 수 있었으면 좋겠다.

인재육성타령

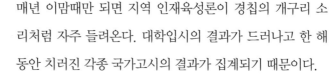

매년 이맘때만 되면 지역 인재육성론이 경칩의 개구리 소리처럼 자주 들려온다. 대학입시의 결과가 드러나고 한 해 동안 치러진 각종 국가고시의 결과가 집계되기 때문이다.

그런데 이런 푸념 어린 '타령'에는 이해하기 어려운 이율배반이 숨어 있다. 한 입으로는 서울 지역에 있는 소위 명문대학에 많은 합격생을 배출하는 것이 이 지역 인재육성의 지름길이라고 거품을 물고, 다른 한 입으로는 이 지역 대학 출신의 국가고시 합격자가 많지 않다며 인재육성의 실패를 한탄하는 것이다.

성적이 우수한 고교졸업자들이 서울을 비롯한 타 지역으로 많이 진출하면 할수록 이 지역 대학의 '실력'은 저하될 수밖에 없다. 이 지역 대학 출신자들의 국가고시 합격률이나 취업률을 높이기 위해서는 우수한 재원 확보가 선행되어야 한다. 부실한 파종을 선동적으로 부추기다가 부실한 결실을 매도하는 것은 무책임한 일이다.

더 심각한 것은 편향된 통계수치만으로 '실력'을 평가하는 일이다. 국가고시에 합격을 해야만 인재인가? 다양화 시대에 일정 분야만을 중시하는 것은 시대에 역행하는 일이다. 또 서울 중심 문화의 극복이 중요한 화두로 떠오르고 있는 마당에 수도권 지역의 '명문대 타령'도 지방화 시대에 걸맞지 않는 일이다.

또 하나, 출신 지역을 중시하는 것도 전근대적이라 할 수 있다. 이 지역의 진정한 인재는 이 지역을 위해 자신의 능력을 유감없이 발휘할 수 있는 사람이지 지역 입지를 자신의 입신 도구로 활용하려는 이 지역 출신의 정치가나 판·검사가 아니다. 지난 시절 지역연고주의의 피해를 가장 심하게 겪은 지역에서 지연을 강조하는 것은 참으로 납득하기 어려운 일이다.

출세 좀 했다고 고향집에 손님처럼 찾아와 거들먹거리는 자식보다 집안 궂은 일 마다 않고 부모 모시는 자식이 더 효자일 수 있음을 상기하며, 진정 이 지역을 위해 땀 흘릴 수 있는 인재 양성을 위해 힘쓸 것을 제안하고 싶다. '타령'만 하지 말고.

교육문제로 지역문제를 풀자

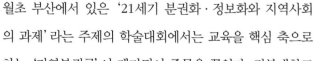

월초 부산에서 있은 '21세기 분권화·정보화와 지역사회의 과제'라는 주제의 학술대회에서는 교육을 핵심 축으로 하는 '지역분권론'이 제기되어 주목을 끌었다. 경북대학교 박찬석 총장이 제안한 것으로 지역의 인재를 키워야 한다는 평소의 소명감과 열정이 잘 서려 있어 특히 많은 공명을 얻을 수 있었다.

재앙의 경지에 이른 서울 집중화! 이는 정치, 경제, 문화, 교육 등 모든 분야와 연관된 총체적 문제이지만 그 해결책까지 총론적 차원으로 접근해서는 그 실마리를 찾을 수 없다. 하여 핵심고리라 할 수 있는 교육문제부터 시작을 하자는 것이다.

구체적 방안은 크게 지역인재할당제와 서울로 집중되는 교육비의 지방 환수, 두 가지로 요약할 수 있다. 지역인재할당제란 국가에서 실시하고 있는 주요 자격시험을 인구비례로 지방대학에 할당하자는 것이다. 질이 떨어질 것이라는 염려는 현재 인기를 끌고 있는 지방의과대학 등의 경우를 봐서도 기우에 지나지 않음을 알 수 있다. 또 취업이 잘 되면 얼마 지나지 않아 우수한 인재들이 자연스럽게 지방대학에 진학하게 될 것이므로 크게 염려할 일이 아니다.

이처럼 인재를 확보하는 것과 직접 연계되는 것이 재원의 확충이라 할 수 있다. 그렇지 않아도 경제가 서울지역에 집중되어 있는데 연간 수십 조 원의 지방재정이 교육비의 명목으로 수도권에 흘러들어가고 있다. 수도권 대학생 일인당 일년 수업료와 생활비가 천만 원이 훨씬 상회하니 이러한 계산이 나오는 것이다.

그러니 그 돈은 당연히 지방에 재투자되어야 한다. 그것도 지방의 대학에 투자해야 한다는 것이 이 열정적 학자의 핵심 주장이다. 재생산으로 이어질 수 있는 인재육성사업에 투자해야 한다는 것이다.

이 분의 지적대로 인구 유출은 자본 유출을 동반한다. 지방의 인재가 떠나면 자금도 따라 떠나는 것이다. 우수한 인재들이 서울로 향하면 남아 있는 지역민들의 자존심은 말할 것도 없고 지방 전체의 피폐화가 가속될 수밖에 없다.

인재 육성의 경제성 부분에서도 서울의 경우는 매우 심각하다. 모든 물가가 비싼 서울에서는 한 명의 인재를 키워 내기 위해 엄청난 예산이 소요되어야 한다. 이런 고비용으로 어떻게 세계 시장에서 경쟁할 수 있겠는가? 지역문제를 교육문제로 풀자는 박 총장의 주장을 공연한 지역이기주의로 몰아붙일 수 없는 이유가 바로 여기에 있다.

'지방분권론'의 딜레마

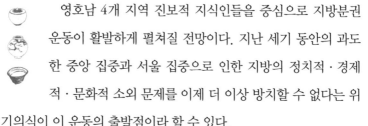   영호남 4개 지역 진보적 지식인들을 중심으로 지방분권 운동이 활발하게 펼쳐질 전망이다. 지난 세기 동안의 과도한 중앙 집중과 서울 집중으로 인한 지방의 정치적 · 경제적 · 문화적 소외 문제를 이제 더 이상 방치할 수 없다는 위기의식이 이 운동의 출발점이라 할 수 있다.

그간 '서울공화국'의 문제점은 다각도로 제기된 바 있다. '서울-과잉'의 비효율과 '지방-부족'의 비능률이 겹쳐 나라 전체의 효율성이 떨어지는 것은 말할 것도 없고, 서울사람과 지방사람이라는 '두 개의 국민'으로 분할될 기미마저 보이고 있어 그 정서적 괴리감은 참담한 정도다.

결정권도 없고 세원도 없으며 인재마저 서울로 빼앗기고 만 상태에서의 허울뿐인 지방자치는 '낙오자들의 잔치'가 되어 버린 지 오래다. 지방경제의 취약함과 이와 직결되는 일자리의 부족은 인구의 서울 집중을 더욱 부채질하고 있으며, 한국정치의 고질병인 지역패권주의도 기실 이런 사회적 병리현상과 무관하지 않다.

때늦은 감이 없지 않지만 이번 지역 지식인들의 문제 제기에 공감을 표하는 것도 이러한 현실인식에 근거하고 있다. 그러나 여기에는 특히 전북 지역과 같은 경우 그냥 동조만 할 수 없는 문제가 도사리고 있다. 지역 불균형 발전이라는 현실이 바로 그것이다. 긴 세월 동안의 지역 차별로 인한 불균등의 심화가 무조건적인 동의를 가로막는 것이다.

당장 지방분권이 이루어지는 경우 현 상태의 지역 불균형이 영속될 수 있다. 현재의 불균등을 조금이라도 완화하기 위해서는 중앙정부에 강력한 역차별 정책이라도 요구해야 할 판이다. 재정자립도가 비교적 떨어지는 이 지역의 경우 지방분권의 실현이 오히려 후진의 정도를 고착·심화시킬 수 있는 것이다.

이 지역 지식인들의 고민이 여기에 있다. 지방분권론의 당위를 인정하면서도 지역 불균형의 현실을 무작정 도외시할 수는 없는 것이다. 그렇다고 국가적 위기로까지 치닫고 있는 서울 집중을 나 몰라라 할 수도 없는 노릇이고. 아니 현실적으로 한 해에 수천만 원에 달하는 대학교육비를 감당하며 자식들을 서울로 유학 보낼 수밖에 없는 현실만 해도 그렇지 않은가? 이래저래 이 지역 지식인들의 주름은 깊어질 수밖에 없다.

철새들의 항의 혹은 보복

그렇지 그리움이란 것

제 떠나왔던 물가의 물소리 바람소리

사무친 기억 같은 것 말고는

아무것도 안 들리고 안 보이는 것

......

흰 가슴의 날개로 제 몸 매질하여

구만 리 장천을 후회 없이 날아가는 것

그리움도 그쯤은 되어야

지상의 계절을 번갈을 수 있지

한 세상 사랑해서 건너왔다 할 수 있지.

이해리, '철새는 그리움의 힘으로 날아간다' 중에서

　그리움에 사무쳐 번식지와 월동지를 오가던 철새들의 보복 혹은 반란이 시작되었다. 고창 부안에 이어 시화호와 김포 등 수도권에서도 AI 바이러스가 검출되었다. 전남 해남의 농가에서도 오리가 집단 폐사했으며 영암호에서도 왜가리와 청둥오리의 사체가 발견되는 등

고병원성으로 의심되는 사례가 전국에서 보고되고 있다.

발병의 원인이나 지역도 가늠하지 못하고 있으면서 방역당국은 재빠르게 철새 탓을 하고 나섰다. 철새가 감염 주체인지 아니면 피해자인지 애매한 점이 한둘이 아닌데도 애먼 그들을 속죄양 삼아 자신들의 잘못을 손바닥으로 하늘 가리듯 감추려 하고 있는 것이다.

정말 철새가 주범이라면 아직 그들과 소통방법을 알지 못하고 통제수단도 확보하지 못한 상황에서 속수무책일 수밖에 없다. 그렇다 하더라도 철새를 탓할 수는 없는 일.

그들이 월동할 곳을 찾아 이동하는 것은 어제오늘 일이 아니다. 이는 자연의 섭리, 욕심 때문에 이에 순응하지 못하는 우리의 대응에 재앙의 원인이 있었다.

얼마나 먹어치우겠다고 그 많은 오리들을 집단 사육하고, 또 얼마나 돈을 벌겠다고 수천 수만 마리 닭들을 한 군데 가두어 키운단 말인가. 정상적인 번식은 물론 활동도 불가능한 상태에서 오직 인간의 식탐과 돈벌이를 위해 키우는 닭과 오리, 이미 그 환경에 병의 원인이 내재되어 있었으며 집단 발병의 재앙 위험이 도사리고 있었다.

철새들은 제 갈 길을 가고 있었을 뿐이다. 겨울이 되면 얼어붙고 봄이 오면 녹아내리는 것과 같다. 수도관 동파되었다고 겨울을 탓할 수는 없다. 언덕이 녹아 무너져 내렸다고 봄을 핑계 삼아서도 안 된다. 그것이 피할 수 없는 자연의 이치라면 이에 대비한 조처를 취하면 되는 것이다.

그렇지 않아도 권력의 바람에 따라 이리저리 자리를 옮기는 무소신의 정치꾼들을 자신들에 비유하는 것에 모욕감을 느껴오던 철새들, 이 억울한 혐의에 가만히 있을 것 같지 않다. 아니 이미 시작되었는지도 모른다. 가창오리들의 집단자살. 분노의 항의인가, 보복의 시작인가?

괴리와 분열을 넘어

괴리와 분열의 분위기가 한도 끝도 없이 확산되고 있다. 상대에 대한 배려나 최소한의 예의마저 토론의 이름으로 내팽개쳐지고 있다. 상대를 진흙의 구렁텅이로 빠뜨릴 궁리만 한다. '관습헌법'과 같은 해괴한 전거를 내세워 수도 이전이라는 국가정책마저 무력화시킨 것은 그 희극적 한 예라 할 수 있다.

옛 사람들은 이런 분열과 괴리의 상태를 불과 연못으로 이미지화 한다. 불은 타오르고 못은 적시어 내려가니 서로 화합하지 못한다. 또한 두 딸의 처지로 비유하기도 하니, 함께 살지만 돌아갈 곳, 즉 시집이 다르므로 뜻이 한 가지일 수 없다는 것이다.

여기서 눈여겨볼 일은 같음과 다름을 동시에 인정하고 있다는 것이다. 이치는 하나이되 그 분화된 모습은 다르게 나타난다. 하늘과 땅이 다르되 그 하는 일은 같으며, 아버지와 어머니가 유별하지만 그 마음의 뜻은 통할 수 있는 것과 같다.

그래서 제대로 된 사람은 같음만을 내세워 부화뇌동(附和雷同)하지도 않고, 다름만을 강조하며 편가르기를 일삼지도 않는다. 공자님의

'화합하면서도 흐르지 않는(和而不流)' 혹은 '화합하면서도 부화뇌동하지는 않는(和而不同)' 정신은 이를 두고 하는 말이다.

또 하나 유념할 일은 분규와 갈등의 시대에는 작은 일부터 풀어 나가라는 것이다. 크게 일을 도모하여 한꺼번에 상황을 반전시키려다가는 오히려 갈등의 골만 더 깊게 하고 말 것이기 때문이다.

괴리의 상태를 형상하는 불과 연못의 속성에서도 해결의 실마리를 찾을 수 있다. 불이 밝은 지혜를 상징하고 연못 또한 순리에 따르려는 기꺼운 마음을 가리키니, 상대의 주장을 제대로 헤아리고 받아들일 줄 아는 지혜와 아량의 마음만 있다면 위태롭지만 헤쳐 나갈 수 있는 것이다.

그러니 아직 절망하기에는 이르다. 민주주의를 정착시키기 위한 시행착오쯤으로 새길 수 있다. 그러기 위해서는 우리 토론문화를 과감하게 바꾸어 나가야 한다. 자유가 피를 먹고 자라는 것처럼 민주주의는 토론을 통해 성장한다. 현재로서는 매우 어려운 일이지만 불가능한 일만은 아니다. 몇 가지 기본자세만 회복하면 된다.

이를 새삼 거론하는 것은 진부한 일이다. 누구나 다 아는 것이다. 관용과 아량, 즉 프랑스인들이 자랑하는 똘레랑스, 상대에 대한 배려와 믿음, 진지한 자기반성, 역지사지(易地思之)의 여유 등이 요구된다. 결국 우리 대부분이 같은 목표를 향하고 있으되 거기에 이르는 방법은 다르게 모색하고 있다는 것을 전제하고 또 이에 대한 믿음을 포기해서는 안 된다는 말로 요약할 수 있겠다.

중요한 것은 이를 논쟁과정에서 실천 정착시키는 일이다. 조급한 성정을 다스리는 일이 우선 필요할 터인데, 이를 위해 우리 과거의 기나긴 역사를 잠시 뒤돌아보는 일을 권하고 싶다. 어느 시대라고 논쟁거리가 없었겠는가? 그 논쟁의 결과가 어떠했던가? 그것이 과연 그처럼 죽고살기로 매달려야만 하는 일이었던가?

　계절의 변화도 그냥 주어지는 것이 아니다. 어느 것도 영원하거나 완전하지 못하다는 것을 일깨워 주기 위한 자연의 섭리일 수 있다. 우리 스스로를 뒤돌아보게 하는 것이다. 찬바람에 나뒹구는 낙엽을 보며 잠시 그런 시간을 가졌으면 좋겠다. 좋은 계절 망치지 않기 위해서라도.

세월호 십자가

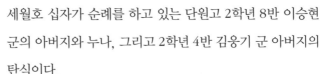

"아무도 십자가를 지려 하지 않으니 저희라도 져야지요!"

세월호 십자가 순례를 하고 있는 단원고 2학년 8반 이승현 군의 아버지와 누나, 그리고 2학년 4반 김웅기 군 아버지의 탄식이다.

안산 단원고에서 출발한 이들은 전남 진도 팽목항을 거쳐 8월 15일 대전 월드컵경기장에서 프란치스코 교황이 집전하는 미사에 참석해 23일 동안 짊어지고 걸었던 십자가를 교황에게 전할 예정이다. 그만큼 실망이 컸다는 얘기다. 그만큼 절망의 폭과 깊이가 넓고 깊었다는 것이다. 멀리서 찾아온 손님에게 기댈 수밖에 없을 만큼.

벌써 100일이다! 사랑하는 가족들이 지켜보는 가운데 생때같은 자식들이 차가운 바닷속에 수장된 지. 그렇게 자식을 묻은 가슴이 숯이 되고 눈물샘마저 말라 버린 지가 하 세월인데 변한 게 아무것도 없다. 참사의 원인도 오리무중이고 갈팡질팡하기만 한 구조과정의 이유도 석연찮기는 마찬가지. 책임지는 사람도 없고 특별법 제정도 말도 안 되는 핑계로 차일피일 세월을 넘기고 있다.

아무것도 할 수 없는 상황, 그래도 가만히 있을 수만은 없는 처지.

그래 걷기라도 해야겠다는 생각에 십자가 하나 들고 뙤약볕으로 나선 것이다. 집단살인을 저지르고도 뻔뻔하기만 한 정부와 국가의 무능과 무책임을 탓하고 있을 수만은 없어 그냥 나선 것이다. 그것이라도 해야 이 답답함, 이 죄스러움, 이 분노와 절망을 잠시나마 잊을 수 있을 것 같다. 이렇게라도 해야 조금이나마 죄 닦음이 될 수 있지 않을까 하는 마음도 없지 않았을 것이다.

그렇게 그들은 우리 모두의 십자가를 대신 짊어지고 이 시대의 골고다 팽목항을 향해 걸었다. 그것이 안타깝고 고마워 많은 사람들이 함께 걷기도 하고 음료수나 수박을 제공하기도 했다. 힘내라며 손수 키웠다는 산양삼을 가져온 농부도 있고 부어오른 발목과 발바닥을 치료하기 위해 달려온 한의사도 있다.

모두 박성우 시인 말로 "내 걸음 보태 그대 걸음 줄여 준다"는 마음이겠지만 어디 가당키나 한 일인가? 누가 그 고행의 십자가 순례 걸음을 대신해 줄 수 있단 말인가?

다만 곁에서 기도할 뿐이다. 그들의 소박한 소망인 진상규명이 제대로 이루어지기를. 최소한 이것 정도는 해 주어야 하지 않는가. 그 엄청난 비극에 대한 속죄의 의미에서라도!

그래서 함께 외쳐 본다. 응답하라, 2014 세월호여!

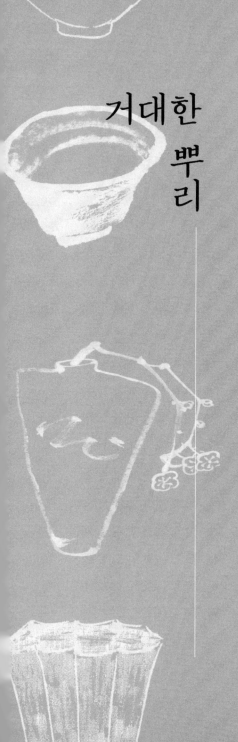

거대한 뿌리

전주전통문화도시 유감

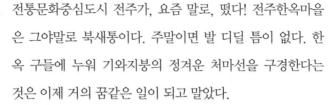 전통문화중심도시 전주가, 요즘 말로, 떴다! 전주한옥마을은 그야말로 북새통이다. 주말이면 발 디딜 틈이 없다. 한옥 구들에 누워 기와지붕의 정겨운 처마선을 구경한다는 것은 이제 거의 꿈같은 일이 되고 말았다.

그러나 한옥마을이 관광명소로 각광받으면서 포괄적 전통문화도시정책은 점점 실종되어 가고 있는 느낌이다. 관광에 치여 문화가 사라지고 있는 것이다. 염려스러운 것은 문화의 뒷받침이 없으면 곧 관광도 사상누각이 되고 만다는 점. 문화 발신지로 거듭나지 못하면 관광객의 발길은 곧 다른 곳을 향하고 말 것이다.

애초 내세웠던 5대 핵심 전략사업 중 '한옥마을 브랜드화'는 대성공을 거두었다. 이를 통해 '전통도시경관조성'도 어느 정도 성취했다고 할 수 있다. 아태무형문화의 중심이 되겠다는 포부도, 최근 운영 인력과 예산의 대폭적인 축소로 염려스러운 바가 없지 않지만, 곧 문을 열게 될 국립무형유산원과 아태무형문화센터를 통해 실현시켜 나갈 수 있을 것이다.

하지만 가장 중요한 사업 두 가지는 실종되었거나 방향을 잃고 있다. 전주가 국가가 할 일을 대신하겠다고 나섰을 때 다짐한 가장 중요한 명분은 한민족의 정체성을 재정립하기 위한 한국전통문화 체험교육의 중심지가 되겠다는 것이었다. 하지만 체험교육관 건립 사업이 한옥마을 3대 문화관 건립에 우선권을 내주더니 이제는 계획 자체가 사라지고 말았다.

우리 얼과 혼이 서려 있는 전통문화는 민족 정체성의 표상이자 자긍심의 원천이다. 서구문화에 무분별하게 휘둘리고 있는 우리 청소년들이나, 새롭게 우리 구성원이 된 다문화가정에게도 이런 체험교육은 필수적이다. 자신들의 뿌리를 확인하고 싶어 하는 해외동포 자녀들은 두말할 필요도 없는 일이고.

사실 수요도 만만치 않다. 서울시와 경인지역의 수학여행단만 유치해도 연중 내내 프로그램을 돌릴 수 있다. 실제로 이 지역 교육청 관계자들이 그 가능성을 타진하기 위해 수시로 답사를 온다. 그러나 200~300명을 수용할 수 있는 공간이 없어 포기하고 마는 것이다.

한스타일의 허브가 되겠다는 꿈도 포기한 듯하여 안타깝다. 운영비 타령으로 '한스타일진흥원' 이름까지 버린 것은 너무 무책임한 일이다. 전통문화의 일상화, 산업화, 세계화! 이를 유보한 채 어떻게 전통문화중심도시가 되겠단 말인가.

정녕 관광객 수에 취해 '가장 한국적인 도시 전주'의 꿈을 버리는 일은 없어야 할 것이다.

경기전의 '불편한 진실'

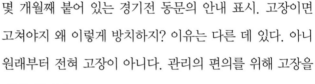

"문 고장, 정문 이용하시기 바랍니다."

몇 개월째 붙어 있는 경기전 동문의 안내 표시. 고장이면 고쳐야지 왜 이렇게 방치하지? 이유는 다른 데 있다. 아니 원래부터 전혀 고장이 아니다. 관리의 편의를 위해 고장을 빙자하고 있을 뿐이다.

사연은 이렇다. 경기전 입장을 유료화하면서 정문에서만 출입이 가능하게 되었다. 동문과 서문은 출구로서의 역할만 한다. 그래서 안에서는 열 수 있지만 밖에서는 열 수 없는 문을 달았다.

그 안쪽에는 잠그면 안에서도 열 수 없는 문이 또 하나 설치되어 있다. 이 문이 입장 마감시간이 되면 고장이 난다. 관리인이 제때 퇴근을 하기 위해 관람객이 빠져 나가기도 전인데 고장을 핑계로 잠가 버리는 것이다. 한 사람의 편리를 위해 많은 사람이 불편을 감수해야 하는 '불편한 진실', 지금 경기전에 가면 확인할 수 있다.

이런 일도 있었다. 인천시 남구의 교육장을 비롯한 장학사(관)들이 워크숍을 겸하여 학생들 수학여행 코스를 개발하겠다고 전주한옥마을을 답사하며 안내를 부탁해 왔다. 전통문화관에서 시작하여 경기전과 전동성당에서 끝맺으려 했는데 경기전 동절기 입장 마감시간을 그만 놓치고 말았다. 6시까지인 줄 알고 5시 조금 넘어 도착한 것이다.

교육장이 공무원증까지 내보이며 사정을 해 봤지만 요지부동. 수학여행 코스 개발을 위해 전주 출신 장학사 한 분이 진전(眞殿)만 보고 나오겠다며 통사정을 해도 쇠귀에 경 읽기였다. 시간을 제대로 챙기지 못한 잘못을 벌충하겠다고 알량한 옛날 직책(전주전통문화조성위원장)까지 내세우며 거들어 보았지만 "그런 분이면 원칙을 더 잘 지켜야지요!" 핀잔만 듣고 말았다.

수경행권(守經行權, 원칙을 지키되 상황을 고려하여 수시처변한다)을 전주의 정신이라 내세우며 방금 전까지 자랑을 해 왔는데, 그 반대의 실례를 생생하게 보여 주고 말았다.

역사적 의미나 상징보다는 관리의 편의성만 쫓게 되지 않을까, 유료화를 반대하던 사람들의 염려가 현실이 되어 나타난 것은 아닌지 걱정이다. 그리고 보니 유료화하면서 보완하겠다던 다양한 콘텐츠는 아직까지도 확인할 수가 없다. 관람 분위기 조성도 안내관람의 시간대가 너무 뜸해 실효를 거두지 못하고 있다. 입장객 관리를 위해 동입서출(東入西出)의 원칙만 깨지고 정작 의도했던 많은 것들은 아직도 모색 중인가 보다.

효율성, 편의성도 중요하지만 경기전이 지니는 위엄에 걸맞은 관리가 더 절실한 것이 아닌가 싶다.

문화 입히기

이 지역 거점 대학인 전북대학교의 요즘 행사 진행 모습이 이채롭다. 가장 한국적인 대학을 표방하는 것에 걸맞게 각 종 행사에 전통문화를 결합시킴으로써 행사의 품격을 높일 뿐만 아니라 지역 및 대학 자체의 홍보에도 톡톡히 기여하고 있다.

지난 주말에 치른 제42회 전국교수테니스대회만 해도 그랬다. 1,400여 명의 교수가 2박3일 동안 도내 일원에 머무르며 운동도 하고 음식 등 다양한 지역문화를 즐긴 것만 해도 '사건'이라 할 수 있다. 다양한 경품이나 상품으로 지역 특산품을 활용한 것도 지역경제 활성화 차원에서 가상한 일이라 하겠다.

더욱 주목할 일은 개회식에 이 지역이 자랑하는 전통문화의 옷을 입힌 것이다. 축하공연은 이 대학 출신들로 구성된 온소리예술단의 대규모 국악관현악단이 주도했다. 한때 국악신동으로 불리던 유태평양 군의 퓨전 소리와 판타스틱 타악협주곡으로 흥을 돋우는 한편, 명창 이용선 씨가 등장하여 국악가요 「쑥대머리」 등으로 많은 교수 선수들의 눈시울을 적시게 했다. 몇몇 대중가수를 불러 치른 다른 도시의 고비용 '이벤트'와는 격과 질이 다른 공연을 선보인 것이다. 이어진 비빔밥 퍼포먼스도 1인분에 2~3만 원 하는 도시락 등으로 때웠던 다른 대회의 만찬들에 비해 예산이나 만족도 면에서 비교할 수 없을 정도였다.

때마침 국공립대학협의회에 참여한 대학총장들과 주원홍 대한테니스협회장 및 이형택 선수 등을 비빔밥 비비기에 참여시켜 언론의 주목을 받게 한 것에서는 참신한 기획력까지 엿볼 수 있었다. 또한 상패로 전주 합죽선을 사용한 것도 이채롭다. 전통문화의 수요 창출은 물론 이를 서예와 결합함으로써 스포츠의 격조를 높이기까지 한 것이다.

중요한 것은 이것이 단발성 기획이 아니라는 점이다. 지난달 초 미생물국제학술대회에서도 전통문화 옷 입히기는 이어졌다. 일회용 커피 대신 고운 한복으로 단장한 차(茶) 사범들이 전통차로 참여자들을 맞이했다. 도립국악관현악단의 한국음악 공연은 이어지는 갈채 때문에 이후의 행사진행을 방해할 정도였다. 노벨상 수상자를 포함한 해외 저명학자들과 국내 교수, 연구자들이 한국 전통문화와 이를 마련해 준 주최 측에 찬사를 아끼지 않았다.

바람이 있다면 이런 것들이 장식적 차원에 머무르지 않았으면 하는 것이다. 스포츠든 학술대회든 진정으로 전통문화와 혼융될 수 있어야 명실상부 가장 한국적인 대학에 걸맞은 행사로 거듭날 수 있지 않겠는가.

국보가 사라진 '경기전'

반대해 온 정책이 실현되고 있을 때 이와 관련하여 문제 제기를 계속하는 것은 바람직스럽지 못한 일이다. 때로 옹졸해 보이기도 한다. 괜한 트집잡기로 여겨질 수 있다.

경기전 유료화를 반대한 입장에서 경기전 문제를 거듭 지적하는 것도 마찬가지로 껄끄러운 일이다. 잘코사니! 잘못을 오히려 반기며 조롱하는 것으로 여겨지기 십상이기 때문이다.

그럼에도 불구하고 그냥 넘어갈 수가 없다. 경기전에 국보가 사라졌기 때문이다. 보물 제931호만 있고 국보 제317호는 없다. 적어도 진전(眞殿) 앞의 공식 안내판에서는 그렇다. 경기전에서 가장 비중 있는 표지판에 정작 가장 중요한 내용이 왜곡된 채 수많은 관람객들을 맞이한 것이다.

2012년 6월 29일, 태조어진의 국보 승격을 함께 반기고 축하해 온 입장에서 보면 참으로 허통한 일이다. 문화재를 제대로 관리하고 관람문화를 성숙시키며 다양한 콘텐츠를 개발하겠다며 유료 입장을 시행한 지 1년이 넘었는데 무슨 일이 급해 이거 하나 챙기지 못했단 말인가.

무엇을 위한 유료화인가. 돈만 챙겼나? 이런 식의 문제 제기가 있어도 한참 있을 일인데 그동안 아무 일도 없었다는 게 신기할 따름이다. 유료화나 국보 승격 1주년을 기념하는 취재를 하면서도 밝혀질 수 있었고 이를 기념하는 준비과정에서도 드러날 수 있는 일이다. 하기는 너무나 당연한 것으로 여기는 일은 그 잘못이 쉽게 눈에 띄지 않는 법. 여러 사람의 교정을 거치고도 교정되지 않는 게 바로 너무 중요하여 누구나 그럴 리 없다며 지나치기 마련인 당연사실 아니던가.

그래도 이것은 아니다. 경기전은 전주 자존심의 핵심이다. 가장 중요한 사실이 왜곡된 채 전주 정신을 운위할 수는 없다. 국보 승격 1주년을 기념하기 위해서라도 대대적인 점검이 있었으면 좋겠다.

또 하나 진전에 전시되어 있는 어진에 대한 좀 더 자세한 안내도 함께 주문하고 싶다. 현재로는 이 모사본을 진본으로 여길 개연성이 높다. 그 앞에 사진촬영 금지 표지까지 있으니 안내자 없이 관람할 경우 이를 진본으로 여기며 국보를 왜 이렇게 허술하게 관리할까 의아해하며 돌아설 수 있다. 어진박물관까지 꼼꼼히 살피면 해결될 일이겠지만 많은 관람객이 진전과 전주사고 터만 돌아보고 나갈 수도 있기 때문이다. 이번을 계기로 경기전의 격과 국보 태조어진에 어울리는 합리적인 종합관리 운영체제가 확실하게 정착되기를 바라는 마음 간절하다.

한옥마을의 갤러리 미루

당신의 감미로운 사랑 떠올리면 너무도 풍요로워져
나는 내 자신의 처지를 왕과도 바꾸지 않으련다.

영국의 문호 셰익스피어가 자신의 후견인을 찬양한 사랑의
노래(소네트) 29번 마지막 부분이다. 운명에 버림받았다고 한탄하는
고독한 예술가가 '이 사람의 기술을 탐내고 저 사람의 역량을 부러워
하며' 스스로를 경멸하다가도 자신을 후원하는 사람의 사랑을 떠올리
며 자신을 이 세상에서 가장 행복한 사람으로 여기게 되는, 미묘한 극
적 반전이 감동의 즐거움으로 이끄는 절창이다.

대학 시절 이 시에 감명을 받은 한 여대생이 있었다. 학교를 졸업
하고 사회생활을 해 나가면서 이제까지 드러나지 않은 자신의 '끼'
하나를 새삼 확인하게 된다. 그림에 대한 관심과 애정. 스스로 화가
가 되어 보겠다는 결심에까지는 이르지 못했지만 나날이 새로워지
는 열정만큼은 주체할 수가 없었다.

하여 그 열정을 화가들이나 그들 작품의 유통에 도움을 주는 것으
로 방향을 잡아 나갔다. 남편이 운영하는 병원 공간에 작품 전시를

하는 등 다양한 일을 벌여 오다가 드디어 전주한옥마을에 번듯한(아직 그 열정에 비하면 성에 차지 않지만) 미술관 하나를 열었다. 갤러리 미루. 한 달에 열흘 정도는 예술 유통 활성화를 위한 아트마켓으로 활용하겠다는 당찬 계획도 갖고 있다.

한때 예술인, 공예인들의 마을로 유명했던 전주한옥마을, 관광객이 밀려들면서 정작 이 마을을 활성화하고 유명하게 하는 데 기여해 온 이들은 턱없이 높아진 월세를 감당하지 못해 쫓겨나는 신세가 되고 말았다. 많은 공방이나 작업실이 하루가 다르게 카페나 음식점으로 변해 가고 있다.

이런 판국에 미술관 하나가 들어선다는 것은 참으로 반가운 일이 아닐 수 없다. 문화예술의 '발전소' 역할을 하지 못하는 한 제아무리 화려하고 유명한 관광지라 해도 그 명맥을 유지해 나갈 수 없다. 미술관이나 쌈지박물관, 아트스튜디오, 공방 등이 활성화되어야만 관광객을 견인하는 매력을 지속시켜 나갈 수 있다.

바람이 있다면 이 공간이 이런 문화예술 활성화의 중심으로 우뚝 섰으면 하는 것, 이를 계기로 음악인들이나 공예인들을 후원하는 연주장이나 전시공간을 갖춘 곳들이 우후죽순, 생겨났으면 하는 것. 그리하여 이들 후견인을 향한 찬양의 노래가 높이 울려 퍼지는 전주 한옥마을이 세계적인 문화예술 발신지로 거듭날 수 있었으면 하는 것! 뜨내기 관광객들로 북적대는 저잣거리 같은 곳이 아니라…

천인갈채상

전통문화중심도시 추진을 지원하고 전통문화의 수요를 창출하기 위해 민간 차원의 노력을 지속적으로, 체계적으로 해 나갈 것이다. 또한 오랜 세월 동안 체화된 민족 고유 양식을 보존·계승하여 가장 한국적인 도시로서의 당위성을 확보하고, 전통문화중심도시 전주의 지지기반을 확대 및 확산해 나가는 민간 차원의 홍보대사 역할도 꾸준히 수행해 나갈 것이다.

전주를 사랑하고 전통문화를 아끼는 사람들의 모임인 '천년전주사랑모임' 취지문 일부. 그동안 이 취지에 부합하는 활동을 꾸리느라 나름의 노력을 해 왔다. 하지만 전주시의 전통문화정책이 흔들리면서 상당한 동력의 상실을 겪고 있다. 특히 한옥마을이 최고의 관광지로 각광받기 시작하면서 이런 활동의 필요성이나 명분이 약해졌다 여기는 사람들도 늘어가고 있다.

그러나 경계할 일은 관광에 기댄 문화정책이 항상 양면성을 지닌다는 점. 문예 활성화에 일정 부분 기여할 수 있지만 상업화의 빌미를 제공해 준다는 것 또한 엄혹한 현실이다. 현재 한옥마을의 모습이 엄중하게 경고하는 바다. 그동안 전통문화를 계승 발전시키기 위해 많은 것들을 희생하여 전주를 전통문화중심도시로, 한옥마을을 전통문화가 살아 숨 쉬는 관광명소로 키워 온 문예인들은 이제 자본의 논리에 밀려 그 밖으로 내몰리고 있다. 상업 공간이 늘어나는 것도 문제지만 주민들의 의식이 급격하게 배금주의에 휩싸이는 것은 훨씬 더 심각한 고민거리다.

문화예술은 사랑과 정성이 있어야만 꽃필 수 있는 성장이 더딘 나무와 같다. 일시적인 유행이나 반짝이는 기획 하나로 키워 갈 수 있는 것이 아니다. 돈의 논리에 휘둘려서는 금방 철지난 유행가 가락되작이는 신세 되기 십상이다. 그래서 필요한 것이 민간 차원의 지속적인 지원이다. 변덕스러운 관의 문화정책에 기대다가는 갈팡질팡할 수밖에 없다. 천년전주사랑모임과 같은 '깨어 있는 시민들의 조직적 연대'가 절실한 것이다.

'천인갈채상'은 그런 취지에서 제안되었다. 전통문화를 사랑하는 사람 천 명이 일 년에 만 원씩을 모아 한 해 동안 가장 열심히 활동한 젊은 문화예술인 두 명에게 오백만 원씩 상으로 주자는 것. 후원자들에게 만 원은 별것 아니지만 오백만 원의 지원금은 만만한 것이 아니다. 아니 그 상징적 가치는 결코 돈으로 환산할 수 없다.

바라기는 이런 취지의 문화예술 후원활동이 다양한 형태로 지속되는 것이다. 그래야 전주가 명실상부 '가장 한국적인' 문화예술도시로 안착할 수 있을 것이다.

문화저널 통권 300호

 전북 지역의 찬란한 전통문화를 발전계승하며 우리의 구체적
인 삶에 근거한 건강한 문화를 널리 보급함으로써 건전한 문
화풍토 조성에 기여한다.

이 지역 문화종합정보지를 꿈꿔 온 『문화저널』이 표방하는 기치
다. 1987년 6월 항쟁에 이은 노동자 대투쟁 등 민주화운동이 한창이
던 시절, '문화저널구락부'라는 어색한 이름으로 창간호를 낸 『문화
저널』이 300번째 책을 발간했다. 열악한 지역 여건 속에서 얼마나
버틸 수 있을까 지켜보던 많은 사람들의 염려를 보란 듯이 뿌리치고
한 권의 결호도 없이 27년을 버텨 왔다.

"부채를 청산할 수 없어 그만둘 수 없다!"는 말이 말장난이 아닐 정
도로 어려운 여건 속에서 수도권에서도 불가능했을 장한 일을 이 척
박한 지역에서 일궈 낸 것이다. 은근과 끈기, 이보다 더 적합한 수식
어를 찾을 수는 없을 것이다. 하지만 이것에만 머물렀다면 그 의미는
많이 퇴색했을 것이다. 살아남는 것에 급급하지 않고 일일이 열거할
수 없을 정도로 많은 뜻깊은 성취를 이루었다.

아무도 돌아보지 않던 지역의 역사문화자원을 발굴해 내고 이에 대한 관심을 불러일으켜 결국 하나의 정책으로까지 안착시킨 것은 누구도 부인할 수 없는 이 잡지의 숨은 공이다. 이 잡지와 이를 발간하고 있는 '마당'이 전주가 전통문화도시로 성장할 수 있는 중요한 밑거름을 마련해 주었다 해도 지나친 말이 아니다.

이제 『문화저널』은 역사가 되었다. 지난 한 세기 동안 이 지역의 역사는 물론 대한민국의 문화사를 연구하는 데 빼놓을 수 없는 귀중한 일차 사료(史料)를 간직하고 있다. 300호 권두칼럼에서 서울대학교 박명규 교수가 지적한 대로 '문화저널을 통해 본 전북의 사회사'라는 논문이 가능할 뿐만 아니라 꼭 필요하기까지 한 경지가 된 것이다.

앞으로도 이 역사 쌓기는 지속될 것이다. 이제 내려놓기에는 너무도 소중한 깃발이 되었다. '문화권력'이라는 시샘 어린 비아냥거림도 없지 않았지만 27년간 키워 온 내공이라면 어느 정도의 '권력'은 당연한 권리이자 의무일 수 있다.

문제는 이 잡지가 지니는 가치나 '권력'에 비해 독자가 많이 부족하다는 것이다. 더 많은 사람들이 이 소중한 노력의 결실을 공유했으면 좋겠다. 그동안의 노고에 대한 보답의 차원에서라도 300호 기념으로 폭발적인 구독자 증가가 있었으면 하는 것이다. 그것이 바로 우리 스스로 이 지역의 문화를 가꾸는 일이요, 우리 삶을 풍요롭게 해 주는 길일 터이니.

'천인갈채상' 풍속도

당신이 산 시디 한 장이
'보아'를 아시아의 스타로 만들었습니다!

한때 유행했던 공익광고 문구다. 문화의 꽃이 작은 사랑의
집적을 통해 피어날 수 있음을 강조하기 위한 독려. 십시일반(十匙一
飯, 열 사람이 한 술씩 보태면 한 사람 먹을 분량이 된다), 티끌 모아 태산,
작은 정성이 모여 큰일을 낼 수 있다.

지난 금요일 저녁, 전주한옥마을 한편에서는 이런 '기적'이 연출
되고 있었다. 천년전주사랑모임에서 추진하고 있는 '천인갈채상' 시
상식. 천 명이 만 원씩 천만 원을 만들어 이 지역에서 한 해 동안 가
장 활발하게 활동한 문화예술인 두 명에게 오백만 원씩을 지원하는
행사였다. 작년에 이어 두 번째 진행되는 것으로, 이번에는 타악연주
단 '동남풍'을 이끌고 있는 조상훈 씨와 알찬 전시를 바지런하게 꾸
려온 이일순 전북대학교 강사가 수상했다.

천인의 갈채, 천 명이 만 원씩! 뜻도 좋고 말은 쉽지만 막상 실천
하는 일은 만만치 않다. 만원 한 장 얻어 내기 위해 구구한 설명을

해야 하는 일도 번거롭지만 이해관계로 얽힌 세상에서 적은 액수라도 신세를 진다는 게 부담으로 다가오게 마련이다. 신세를 질 바에야 크게 하고 싶고 내 자신의 이해득실과 직접 관련된 것이기를 바라는 욕심도 말 꺼내기를 주저하게 만든다. 회의석상에서는 누구나 찬성하고 결의를 다지지만 실제 돈을 모아오는 사람은 많지 않다.

언론의 무관심도 힘이 빠지게 하기는 마찬가지였다. 기자들이야 바쁘기로 소문난 사람들, 보도자료 챙겨 주지 않으면 기사쓰기를 꺼려할 뿐 아니라 유명짜한 자리 아니면 결코 '발로 뛰지' 않는다. 아니나 다를까, 그날 시상식에도 월간지 기자 단 한 명만이 행사의 체면을 겨우 세워 주고 있었다.

그러거나 말거나! 시상식은 천인의 갈채답게 훈훈하게 진행되었다. 상패는 김종연 장인이 합죽선 모양으로 만들었다. 박수 보내는 느낌이 나도록 느티나무의 결을 제대로 살려 제작했다. 이전 수상자들의 축하 응원도 보태졌다. 대금 연주자 이항윤 씨는 조상훈 씨의 장구 반주에 맞춰 팔도아리랑으로 흥을 돋우었고, 시인 박성우 씨는 자신의 시집 선물로 모든 참석자에게 고마움을 전했다.

해가 거듭되면 이 수상자들끼리의 연대가 이 지역 문화예술 발전의 터전이 되겠구나, 잔치마당을 뒷정리하는데 속절없는 속웃음을 주체할 수 없다. 그렇게 한 해를 마무리하고 또다시 만 원 모으러 나간다! 춘삼월 제비 몰려 나가는 가락으로 읊소리면서!

차와 함께 즐기는 화전놀이

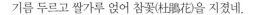

작은 개울가에 돌 고여 솥뚜껑 걸고

기름 두르고 쌀가루 얹어 참꽃(杜鵑花)을 지졌네.

젓가락 집어 맛을 보니 향기가 입에 가득,

한 해 봄빛이 뱃속에 전해지네.

16세기의 시인 임제(林悌)의 '화전놀이'에 관한 시다.

화전놀이는 삼월삼짇날 교외나 산 같은 경치 좋은 곳에 가서 음식을 먹고 꽃을 보며 즐기는 꽃놀이다. 진달래꽃으로 화전(花煎)을 지져먹고 가무를 즐기는 이 놀이의 전통은 이미 신라시대에 시작되었다. 원래 여성의 놀이로 시작되었지만 나중에는 남성들도 즐기던 대표적 풍속이다.

그 전통의 맥을 되살리기 위한 봄 잔치가 전주한옥마을에서 있었다. 천년전주사랑모임과 한국차문화협회가 공동으로 마련한 것으로 한옥마을이 관광명소가 되면서 오히려 잠시 사라졌던 것을 이번에 다시 되살린 것이다.

격세지감이 없지 않다. 전통문화중심도시를 표방할 때만 해도 시의 예산 지원으로 전국에서 500명 이상의 다인(茶人)들이 한복을 차려입고 한옥마을을 온통 울긋불긋 수놓았었다. 이곳을 찾은 많은 이들이 '전주는 달라도 많이 다르다!' 며 부러움의 혀를 찼었다. 이제는 예산 지원은커녕 자릿세를 요구한다. 장사가 되니까!

문제는 그 장사논리에 전통도 문화도 다시 골방 신세로 전락하고 있다는 것이다. 여유와 기품을 자랑하던 이 전통문화마을은 이제 먹거리 난장으로 변해 가고 있다. 어렵게 전통을 지켜오던 장인들은 돈 위세에 밀려 진즉 이곳을 떠나야 했다.

두 단체가 다시 손을 잡은 것은 이런 위기의식에서다. 감히 이 도도한 상업화의 물결을 되돌리겠다는 것은 아니다. 이 마을 정체성의 작은 부분만이라도 지켜 나가야겠다는 소명감 때문이다.

힘겨운 일이리라! 그날 날씨가 그 어려움을 예견하듯 봄을 시샘하는 것인지 전통문화를 겁주자는 것인지 바람이 꽃병은 물론 천막까지 뒤엎을 기세로 휘몰아쳤다.

서둘러 행사를 마무리하면서 이 미친바람의 의미를 달리 새겨본다. 전통문화를 등한시해 온 것에 대한 경고로. 좀 어렵다고 귀한 풍속을 포기한 것을 질타하는 것이라고. 아울러 시가 '가장 한국적인 도시'의 꿈을 포기했다고 그냥 낙담하고 있어서는 안 되리라는 결의를 다져 보기도 한다.

완전을 꿈꾸는 땅 전주(全州)가 돈만 아는 전주(錢主)가 되어서는 안 될 일이기에!

흔들리는 '가장 한국적인 도시'의 꿈

 완전을 꿈꾸던 땅 전주를 '가장 한국적인 도시'로 만들어 가자고 많은 이들이 손을 잡던 시절, 그 핵심가치인 전주 정신에 관한 논쟁이 말 그대로 백가쟁명(百家爭鳴)이었다. 그중에는 이것을 전주를 대표하는 문화유산과 연결하여 살핀 이도 있다.

예를 들어 전주비빔밥. 비빔밥은 간편식이다. 그러나 온전함을 추구하는 땅에서는 그렇지 않다. 적어도 그 조리과정에서는 간편성을 내세운 '대충'이 통하지 않는다.

철분이 풍부한 전주콩나물 등 재료의 선택에서도 '완전'을 향한 정성은 확인된다. 밥도 그냥 물이 아니라 사골국물로 짓는다. 나물 또한 각각의 특성을 살려 따로 조리하며 그것을 배치하는 데에도 색상을 고려한다. 빨간 고추장에 계란 노른자를 올려놓는 데서는 화룡점정(畵龍點睛)의 숙연함마저 느끼게 한다.

차마 대충하지 못하는 진정성은 세계의 보편 문화유산으로 인정받은 판소리에서도 찾아볼 수 있다. 공동체적 삶의 한과 신명을 고도의 미학으로 승화시킨 이 인류 최고의 소리음악 자체에, 이미 삶의 질곡 속에서 접하게 되는 슬픔을 차마 분노나 절망으로 내몰 수 없다는 불인지심(不忍之心)이 녹아 있다.

그런데 이 소리마저 이곳에서는 함부로 자랑삼지 못한다. 대충을 용납하지 않는 귀명창들이 곳곳에 도사리고 있기 때문이다. '시김 새'와 '그늘' 등 판소리 미학의 핵심을 이곳 사람들처럼 철저하게 요구하는 곳도 없다.

한옥마을이야말로 이런 진정성이 가장 밀도 있게 집적되어 있는 곳이다. 전란의 간난신고 속에서도 차마 태조어진과 왕조실록을 방치할 수 없었던, 그리하여 조선의 역사를 오롯이 지켜 낸 선비들의 기개가 서려 있는 경기전. 차마 진정 어린 신앙을 부인하지 못해 순교한 이들의 치명 순정이 처연한 건축미학으로 거듭난 전동성당. 차마 편리함을 앞세워 아파트로 피해 갈 수 없었던 이들의 근기가 어려 있는 전국 최대 규모의 한옥군.

이곳에는 실용을 핑계로 차마 예술 공예를 버릴 수 없어 가난을 군자의 고궁(固窮)쯤으로 여기며 목 쇠고 눈 무르는 것 마다하지 않고 세월을 버려 온 장인들의 진한 땀냄새가 배어 있다.

완전을 꿈꾸며 느리게 익어가는 이곳은, 그래서 급하게 먹거리나 찾아다니는 사람 반기지 않았다.

그런 꿈같은 시절이 있었다. "꿈은 사라지고 바람에 날리는 낙엽…." 음식 난장으로 변해 가는 한옥마을을 거닐면 저절로 입에 오르는 철지난 유행가. 꿈이었나? 정녕 꿈일 수밖에 없는 일인가?

국립무형유산원에 대한 기대

2006년 2월, 노무현 정부의 핵심정책인 혁신도시사업 출범식이 있던 날 전주한옥마을에는 묘한 긴장감이 감돌고 있었다. 대통령과 문화관광부장관, 문화재청장 등과 전주 문화 관련 인사들의 오찬모임이 예정되어 있었다. 출범식을 마치고 각부 장관과 시도지사들이 다른 곳에서 리셉션을 하고 있는데 이들은 그 자리 대신 지금의 전통문화관 경업당을 찾은 것이다. 전주전통문화도시조성사업이 무르익어 가고 있을 무렵 중요한 사업의 매듭을 짓기 위해 전주시와 추진단이 어렵게 노력한 끝에 마련된 자리였다.

오찬 전략을 마지막으로 점검하는 자리, '소외론' '낙후론' 등으로 징징거리지 말 것을 원로들에게 주문하고 대통령에게 드릴 건의 형태의 질문도 가다듬었다. 그중에 국립무형문화의 전당과 아태무형문화센터에 관한 것이 포함되어 있었다. 두 기관이 전주에 자리를 잡는 것은 전통문화도시사업의 화룡점정과 같은 일, 매우 조심스럽게 질문을 했는데 문화재청장의 답은 간명했다. 우리나라 무형문화가 가장 잘 보전 계승되고 있는 곳이 전주이니 당연 그 본부도 전주에 있어야 한다, 아태무형문화센터도 함께 있어야 시너지 효과를 낼 수 있다고.

그렇게 국립기관 하나와 국제기구 하나가 전주에 자리를 잡게 되었다. 답은 간단했지만 자초지종은 참 복잡했다. 그 정책이 성안되어 건물이 들어서고 인력과 예산이 배정되는 데에는 또 다른 우여곡절이 더해졌고 공식 개관은 아직도 준비 중이다.

그런데 그 위치가 묘하다. 마치 한옥마을과 남고산성을 가로막고 있는 것처럼 보인다. 건물 모양도 그렇고. 실제로 한옥마을을 찾는 많은 이들이 "저건 뭐여?" 시비조 질문을 던지곤 한다. 그러나 다르게 보면 매우 의미심장한 장소성을 지니고 있다. 한옥마을의 한계를 뛰어넘겠다는 의지를 엿볼 수 있는 것이다.

한옥마을은 진즉 장소적 한계에 다다랐다. 자생력을 갖추기엔 너무 좁다. 중바위의 후백제 전주성, 풍남문과 전라감영, 동문을 넘어 전통문화진흥원, 그리고 전주천을 건너 남고산성과 연결 확장할 수밖에 없다. 이 마지막 임무를 국립무형유산원이 떠맡고 있는 모습이다.

더구나 한옥마을의 급속한 상업화로 전통문화도시의 정체성이 급격하게 퇴색하고 있는 마당에 유산원에 거는 기대는 참으로 절실하다. 하루 속히 건물 자체가 주는 이질감을 극복, 명실상부 전통문화도시의 중심으로 우뚝 서야 한다. 그렇게 2006년의 설렘이 실현되었으면 하는 마음 간절하다.

전주전통문화정책의 허와 실

바람이 있다면 어렵게 마련된 전주전통문화정책의 터전이 차후 크게 흔들리지 않았으면 하는 것입니다. 다시 또 경제나 개발의 논리에 휘둘리는 일은 없어야 하겠습니다. 전통문화상품으로서의 가치만 따지지 말고 그 근본정신, 느리고 더디지만 자연과 생태를 함께 생각하는, 대안적 삶의 모색과 연결될 수 있는 부분을 놓치지 않았으면 좋겠다는 말씀입니다. 조급하게 가시적 성과에 매몰되어 '전주다움'을 잃는 일은 절대 없어야 할 것입니다.

2007년에 발간된 전주전통문화중심도시추진단 백서『가장 한국적인 도시 전주, 미래 천년을 열다』머리말에 실려 있는 염려의 말이다. 추진단이 한옥마을에 둥지를 튼 것이 2004년 7월, 그 후 10년이 지났는데 걱정했던 일이 꼭 그대로 진행되고 있다.

전통문화정책이 뒷전으로 밀리기 시작한 것은 이미 오래전 일이다. 한옥마을에도 문화나 전통은 찾아보기 힘들고 관광을 빙자한 장삿속만 넘쳐난다. 시에서 어렵게 마련한 문화시설들도 높은 임대료 압박에 전통문화를 챙길 여유가 없다.

한옥마을을 한옥마을답게 하는 데 일등공신이었던 예술공예인들 또한 턱없이 높아진 전·월세에 밀려 떠나간 지 오래다. 전통찻집은 카페로, 공방은 음식점으로 바뀌고 아이스크림과 초코파이 족들만 득실거린다. 슬로시티에 가입까지 해 놓고 그 취지에 어긋나는 길로 서슴없이 나서고 있다.

안타까운 건 잃어버린 것이 여기에 그치지 않는다는 것이다. 추진 단의 가장 큰 성취는 민관협치(governance)의 모범을 보여 준 것이 었다. 그러나 그 아름다운 전통은 추진단의 해체와 더불어 과거의 일이 되고 말았다. 공무원 조직의 잦은 교체는 불가피한 일, 정책 추 진의 일관성을 견지해 줄 전문가 집단마저 소외되면서 전통문화정 책은 갈피를 잡지 못하고 있다.

이로 인해 중앙정부와 연결고리가 약해진 점도 아쉬운 부분이다. 추진단이 활발하게 활동하던 당시만 해도 전주를 좋아하는 문화관광 부 국장, 과장이 많았다. 자체 워크숍 장소뿐만 아니라 시범사업들 도 자주 전주에 의뢰했었다. 상하가 분명한 공무원 조직에서 상위부 서와 소통하는 것은 용이한 일이 아니다. 그러나 전문가들은 고위공 무원이라도 당당하게 만날 수 있다.

가장 한국적인 도시를 위한 노둣돌이었던 추진단 창단 10주년, 다 시 한 번 전주를 한국전통문화의 중심으로 세우기 위한 심기일전의 정책적 배려를 민선 6기를 맞이하며 기대해 본다.

월드컵과 한옥마을

전주한옥마을의 급격한 상업화, 요즘 문화예술 관련 토론회에서 자주 등장하는 화두다. 전통문화도시조성사업의 핵심이었던 한옥마을에 (전통)문화는 사라지고 돈벌이 장삿속만 판을 치고 있다는 염려에서다. 전통찻집이 카페로, 공방이 음식점으로 바뀌어 가고 문화예술인들이 내몰리는 세태에 대한 비판을 담고 있다.

그런데 그 원인을 태생적 한계(?)에서 찾기도 한다. 애초 한옥마을 활성화사업은 2002 한일 월드컵을 계기로 시작되었다. 전주에 월드컵경기장이 생기면서 그로 인한 관광수요를 어떻게 충족시킬까 하는 고민에서 출발한 것이다. 국제행사인 만큼 외국인 관광객도 예상할 수 있는데 그들에게 보여 줄 수 있는 전주다운 것을 찾다 보니 한옥마을이 주목을 받게 된 것이다.

가장 상업적인 스포츠 행사를 위해 비상업적인, 아니 민원이 끊이지 않던 슬럼가 전통마을이 지목되었다는 것은 대단한 아이러니다. 중요한 것은 그 발상의 전환이 통했다는 것이다. 태조로가 정비되고 공예품전시관과 한옥생활체험관을 세우는 등 몇몇 부분에 손을 댔을 뿐인데 그 반응은 폭발적이었다. 2004년 7월 1일 전통문화중심도시추진단이 출범하면서 이런 성과를 토대로 전통문화도시조성사업이 본격 추진되었다.

문제는 이곳의 눈부신 성장이 여타 사업들을 무력화하는 데 크게 작용했다는 점이다. 5대 핵심전략인 전통문화체험교육중심도시사업은 한옥마을에 3대 문화관을 짓는 것으로 축소되었다. 한스타일의 허브가 되겠다는 꿈도 그 센터가 한옥마을에 있지 않아서인지 밀려나 건물만 덜렁 허한 바람만 맞고 있다. 문화관광부에서도 전주시에서도 천덕꾸러기 취급을 하고 있다.

상업화의 핵심은 취사선택, 혹은 선택과 집중. 돈 되는 것에만 주력하고 나머지는 과감하게 버린다. 돈만 된다면 예의나 금도도 귀찮고 문화마저 번잡한 사치일 뿐이다.

월드컵에서 스포츠 정신은 나무에서 구하는 물고기 꼴이다. 한옥마을에서 (전통)문화를 찾는 것과 같다. 관광의 돈벌이만 있을 뿐 그 핵심 동력이었던 문화예술은 이제 먼 나라 얘기가 되고 말았다. 주목할 일은 이 마을이 겪은 부침의 역사다. 한때 전주 양반들이 모여 살던 이 품격의 문화마을은 편리함만 쫓는 아파트 중심의 시류에 밀려 슬럼가로 급전직하한 아픈 전력을 갖고 있다.

돈만 쫓다 보면 또 비슷한 수모를 겪을 수 있다. 문화를 버리면 관광은 그야말로 한여름 밤의 꿈이 된다. 정녕 추스를 일이 월드컵 16강 진출 실패의 좌절감만이 아니다.

다시 김수영을 읽으며

역사(歷史)는 아무리 더러운 역사라도 좋다.

진창은 아무리 더러운 진창이라도 좋다.

나에게 놋주발보다도 더 쨍쨍 울리는 추억(追憶)이

있는 한 인간(人間)은 영원하고 사랑도 그렇다.

신동엽 시인과는 대조적으로 서구 모더니즘에 경도되어 있다는 평가를 받고 있는 김수영 시인은 우리 역사와 전통의 의미에 대해 이렇게 토로한 바 있다. 물론 여기서 시인이 더러운 역사와 전통을 그 자체로 좋다고 말하는 것은 아니다. 사회의 발전은 역사와 전통에 대한 제대로 된 인식의 토대 위에서만 가능하다. 역사의 뿌리가 없으면 진정성도 없고 진실 없는 혼란만 가중될 뿐이다.

"전통이 없으면 지붕 위의 바이올리니스트처럼 위태롭다." "놋주발보다도 더 쨍쨍 울리는 추억"이 있을 때 그 위에서 문화가 싹트고 그것을 넘어서려는 사랑도 있게 되는 것이다.

그렇게 역사와 전통을 아끼는 '반동'으로 잠시 주목을 받고 있는 전주 지역에 어느새 불온한 역풍의 징후가 도저하다. 이제 그만큼

했으면 됐다는, 세상이 급변하고 있는데 아직도 전통에 매몰되어서는 안 된다는, 한물 간 줄 알았던 유행가 가락이 다시 들려오고 있다.

잘난 외국인 전문가들 모셔다 놓고 "전통에 매달려야 하나? 새로운 흐름에 힘을 실어야 하나?" 그들 듣기에는 해괴한 질문을 해대면서. 전통과 역사의 단절을 겪어 보지 못한 그들에게는 현재 '노는 물'이 역사요 전통이다. 그러니 기왕의 '노는 물'을 새삼 챙길 필요가 없다. 전통에 연연하지 말라고 쉽게 권할 수 있다.

그러나 우리는 창씨개명에까지 이른, 철두철미한 일제식민통치와 미군정 반세기를 겪으면서 우리 뿌리가 무엇인지 다 잊었고 잃어버렸다. 학문이나 공부에서도 성균관, 향교, 서원 그 어느 맥도 잇지 못했다. 아니 그곳이 무엇 하던 곳인지도 모르는 사람들이 이 땅의 학생이요 교사요 교수다.

음악이나 미술 분야도 마찬가지고 문학에서조차 그 전통이 개화기를 넘지 못한다. 농민혁명조차 쿠데타로 이어받지 않았던가? 그들의 고상한 조언을 액면 그대로 수용할 수 없는 까닭이다.

아직은 반동이 더 필요할 때다. '내 땅에 뿌리박은 거대한 뿌리'의 전통을 확인할 때까지는. 그 뿌리의 기운을 조금이나마 빨아들일 수 있는 기반이 마련될 때까지는. 그나마 전통문화의 명맥이라도 희미하게나마 확인할 수 있는 이 지역에서는 특하나 더. 그래야 그것을 터 삼아 혁신이든 창조든 융합이든 할 수 있지 않겠는가.

전라감영과 가나자와 성(城)

일본의 전통문화도시 가나자와(金澤)에서 단연 눈길을 끄는 것은 당당한 '아우라'를 지닌 가나자와 성이다. 복원된 건물들을 이용하여 각종 전시회가 열리고 성 안과 밖의 광장에서는 대형 음악회 등 시민들을 위한 행사가 다채롭게 꾸려지고 있다.

성 앞쪽의 일본 3대 명원(名園)의 하나인 겐로쿠엔(兼六園)과 더불어 사람들이 가장 즐겨 찾는 이곳은 진정 어린 복원을 통해 관광명소로 거듭난 대표적 사례라 할 수 있다.

그들에게 복원은 '백년 후의 국보를 만드는 일이다.' 단순히 끊긴 역사를 잇거나 볼거리 하나 추가하는 일이 아니다. 이 시대의 예지를 모아 다음 세대 국보가 될 만한 소중한 문화적 유산을 남기는 일이다.

단순한 경제 살리기나 지역 활성화 차원을 훨씬 뛰어넘는 일이다. 과거에만 연연하지 않고 미래 세대들이 지속적으로 기대 살 수 있는, 김수영의 '거대한 뿌리'와 같은, 전통 하나 우뚝 세워 가는 일이다. 그런 의미에서 '복원은 전통의 창조다.' 제대로 된 창조는 진정성 위에서만 가능하다. 제멋대로의 '상상 정비'나 '상상 복원'은 끼어들 틈이 없다. 가나자와 성도 철저하게 고증된 것만 복원정비하고 있다.

예산 규모에서도 진정성이 확인된다. 1996년부터 1차 복원에 쓰인 경비가 252억 엔, 토지매입비 112억 엔을 뺀 순수 복원정비 경비만 140억 엔, 우리 돈으로 1,400억 원. 2006년부터 10여 년에 걸쳐 진행될 2차 복원 예산은 50억 엔(500억 원).

이 복원의 또 다른 의미는 밀폐 공간을 주민들에게 돌려주기 위한 것이라는 점에 있다. 16세기 말 축성 이래 이곳은 성주들만을 위한 금단의 땅이었다. 메이지 시대에 병부성, 육군성이 들어서면서도 출입금지는 마찬가지였다. 가나자와대학이 들어서면서 일부에게만 해금되었다가 이 복원을 통해 온전한 시민공원으로 거듭난 것이다.

더 중요한 것은 이 사업을 통해 무형의 일본 전통목조공법을 되살릴 수 있었다는 점이다. 이처럼 큰 규모의 목조 성곽을 복원하기 위해서는 기둥과 대들보를 짜맞춰 거대한 뼈대를 이루는, 일본 최고의 전통 대목 기술이 필요하다. 실제 복원된 건물 곳곳에 벽 투시공간을 마련하여 내부구조까지 들여다볼 수 있게 함으로써 전통목조공법의 산 교육장으로도 활용하고 있다.

복원은 과거로의 단순 회귀가 아니다. 미래로의 당찬 발걸음이다. 왜곡의 역사를 떨치고 스러져 가는 전통문화를 되살리는 일이다. 전라감영 복원의 진정한 의미도 여기에서 찾아야 할 것이다.

청소년 전통문화체험관

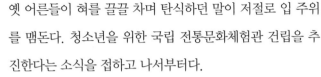

"만시지탄(晩時之歎)의 감이 없지 않지만!"

옛 어른들이 혀를 끌끌 차며 탄식하던 말이 저절로 입 주위를 맴돈다. 청소년을 위한 국립 전통문화체험관 건립을 추진한다는 소식을 접하고 나서부터다.

전주 원도심 내에 연면적 5,000m²에 250명의 숙박인원을 수용할 수 있는 규모에 총 사업비 140억 원(부지 매입비 별도) 등 꽤 구체적인 내용이어서 더 기대가 된다. 조바심도 그만큼 더 크다. 이번 기회마저 놓치면 절대 안 되기에.

애초 전통문화체험교육의 중심이 되겠다는 것은 전주가 전통문화도시를 선언하면서 표방한 5대 핵심 전략사업 중 하나였다. 정부가 전주전통문화도시에 선뜻 손을 들어준 것도 국가가 해야 할 일을 준비가 잘 된 전주가 대신해 주리라는 기대 때문이었다. 문화관광부와 전주시가 공동으로 발주한 국토연구원 용역보고서에 분명하게 그리고 구체적으로 명시되어 있다.

우리 역사를 모르고 전통문화에 낯설어 스스로 한민족으로서의 정체성을 느끼지 못하는 청소년들, 이런 상황이 더욱 심각한 해외

동포 자녀들, 그리고 급증하고 있는 다문화가정. 이들에게 우리 뿌리를 확인시켜 줄 수 있는 가장 확실하고 효율적인 방법이 바로 전통문화를 직접 체험하게 하는 것이다.

가장 명분이 뚜렷한 사업인데 우선순위에서 밀렸다. 3대 문화관(소리, 부채, 완판본) 때문이다. 한옥마을 내에 인프라가 아직 열악한 상황이라 어쩔 수 없는 부분이 없지 않았다. 그 덕인지는 몰라도 한옥마을은 급격하게 활성화되었다. 그러나 전통문화도시의 명분은 꽤 엷어지고 말았다. 요즘 회자되는 위기론도 이와 무관하지 않다.

그래서 이 사업이 더욱 반가운 것이다. 위기를 극복할 튼튼한 동력이 되리라는 기대 때문이다. 든든한 구원투수를 아껴 둔 것이 이렇게 고마울 수가 없다. 사실 그 당시만 해도 명분은 확실했지만 전망은 불투명했다. 과연 수요가 있을까? 지금은? 수요가 무궁무진하다는 것이 입증되었다.

수학여행이 대규모 명승지 관람에서 소규모 체험 중심으로 바뀌었다. 전주처럼 다양한 체험교육 프로그램을 갖춘 곳이 없다. 전국의 수학여행단만 유치해도 쉴 틈이 없을 것이다. 다만 이런 주문은 덧붙이고 싶다. 수요에 현혹되지 말자는. 청소년들에게 한민족 고유의 정체성을 확인시켜 주고 자부심을 고취한다는 명분에 더 충실하라는. 그래야 전통문화중심도시로 우뚝 설 수 있다. 더불어 그 수요도 지속적으로 보장받을 수 있는 것이다.

문화와 관광

개를 데리고 새벽 산책을 해 본 사람은 안다. 참 성가시다는 것을. 따라오는 것이 아니라 이끌고 간다. 먹을 게 없나 두리번거리고 영역 표시하느라 가다 서다를 계속한다. 주객이 전도되어 개 뒤꽁무니 쫓다가 산책 기분 망쳐 버리기 십상이다.

문화와 관광의 관계를 이에 비유하기도 한다. 문화가 관광을 이끌어야 하는데 끌려 다니기 일쑤라는 것이다. 느리고 더딘 속성 때문에 다른 것과 만나면 꼭 이런 수모를 당한다. 문화공보부 시절에 문화는 공보의 수단이었을 뿐이다. 이를 방지하기 위하여 문화부라 칭한 적도 있지만 그것도 잠시, 돈도 못 벌고 힘도 없어 곧바로 관광과 체육을 업어야 했다. 이름하여 문화체육관광부.

이것이 문화의 속성이요 한계라면 한계다. 문화가 돈이 되지 않는 것은 아니지만 돈을 목적으로 하면 문화답지 못해 결국 돈도 놓치게 된다. 문화가 돈벌이를 목표로 하는 관광과 묶이는 것을 경계하는 까닭이다.

문화재단은 이러한 문화의 속성과 한계를 극복하기 위해 공공의 예산으로 꾸려 가는 곳이다. 그 목적이 돈을 벌자는 것이 아니라 그것을 제대로 잘 쓰자는 데 있다. 기금 확보가 중요하고 전문성과 독립성을 갖추는 것이 선행되어야 하는 것도 이런 이유에서다. 그래야 건강한 문화가 가능하며 이를 통해 주민들의 삶의 질 향상에도 기여하게 된다.

돈 버는 것이 중요한 관광은 문화재단의 일이 아니다. 돈이 되기 때문에 공공예산 지원 없이도 가능하다. 수많은 관광회사나 여행사를 보라. 관광정책을 종합적으로 체계화하려면 관광공사를 세워 이끌어 가게 하면 된다. 문화재단은 느리고 더딘 문화를 전문성을 갖추어 지속적으로 지원하는 일을 해야 한다.

문화는 분명 관광의 강력한 원동력이다. 그러나 관광을 목표로 하는 순간 문화의 건강성을 잃어 결국 관광자원이 되지도 못한다. 전주한옥마을이 각광을 받게 된 것도 그곳의 독특하고 건강한 문화 덕분이다. 요즘 위기를 운위하는 것도 돈벌이에 그 문화가 묻히고 있기 때문이다.

제대로 된 문화만이 관광자원도 되고 산업도 된다. 돈의 유혹에 넘어가면 허섭스레기로 전락하여 돈도 자원도 되지 못한다.

사람과 개의 습성이 다르듯 문화는 문화의 길이 있고 관광은 관광의 전략이 있다. 잘못 섞으면 시너지는커녕 괜한 갈등만 조장할 수 있다. 진성 돈과 사람을 모으겠다면 재단이 아니라 공사에서 답을 찾아야 할 것이다.

전주사랑실천계좌 갖기 운동

 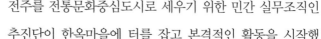 전주를 전통문화중심도시로 세우기 위한 민간 실무조직인 추진단이 한옥마을에 터를 잡고 본격적인 활동을 시작했다. 애초 소박하게 시작하여 내실 있는 모습을 보여 주자는 내부 의견도 만만치 않았으나 이를 홍보의 기회로 삼자는 주장에 밀려 조금은 거창하게 판이 짜여지고 말았다.

홍보의 효과는 넘치지 않았나 싶다. 문제는 갑자기 증폭된 관심과 기대에 부응하는 결과물을 낼 수 있느냐 하는 것이었다. 솔직히 두려운 마음이 앞섰다. 과연 전주가 전통문화중심도시로 설 수 있을까? 전통문화가 진정 이 지역의 지속적인 발전 동력이 될 수 있는 것일까? 기회 있을 때마다 되뇌어 온 주장이지만 막상 그 실무를 떠안게 되니 부담감이 마음의 동요로까지 이어졌다.

추진단 활동의 일차 목표는 정부의 문화중심도시정책에 반영되게 하는 것이다. 이를 위해 치밀한 논리개발과 사업발굴이 우선 필요했다. 또한 홍보와 이슈화를 통해 여론을 확산시키는 일도 못지않게 시급한 일. 이를 위해 논리개발팀이 구성되었으며 문화예술계와 정관계 주요 인사들을 대상으로 한 전주초청투어와 설명회를 이미 추진하고 있었다.

　정부의 '선언'을 얻어 내기 위해 이에 못지않게 중요한 것이 자체 추진 역량과 의지를 입증하는 일이었다. 이것이 예산을 따내기 위한 구호성 사업이 아님을 증명해야만 했다. 이는 이 지역 주민들의 공론화가 전제되어야만 가능하며 이를 위해 몇 차례의 토론과 공청회도 준비했다.

　이와 더불어 추진단에서 꾸리고 있는 또 하나의 '야심찬' 계획이 전주를 전통문화중심도시로 키워 나갈 자발적 조직을 구성하는 일이었다. 전주를 사랑하는 사람들, 우리 전통문화를 아끼는 사람들, 이 지역의 맛과 멋을 즐기는 사람들을 모아 일종의 '전사모' 조직을 전국적으로 꾸려 내는 일이 그것이었다. 천년 동안 가꾸어 온 전통문화를 토대로 새로운 천년의 문화를 창출해 나갈 토대를 마련하자는 것이었다.

　이 모임의 핵심활동이 바로 '전주사랑실천계좌 갖기 운동'이다. 이 운동은 개소식 때 이미 시작되어 수십 명이 현장에서 가입신청을 한 바 있다. 구좌 당 월 오천 원 이상으로 회원에게는 정기적인 전주사랑투어가 제공되고 전통문화 관련 시설물 이용 시 일정한 혜택이 보장되는 것이다.

　이 조직 구성에 무게를 둔 것은 그 지속성 때문이다. 정부의 선언이나 일시적인 예산지원과 별도로 전주의 전통문화를 아끼고 사랑하는 사람들을 조직함으로써 그 수요의 저변을 확대시켜 나가자는 것이었다. 문화의 창출은 풍부한 수요를 전제로 해서만 지속될 수 있는 것이기에.

전주의 소중한 전통문화를 간직하고 키워 가는 일을 정부에 의존해서만 해나갈 수는 없다. 자발적 여건 조성이 선결조건이다. 스스로를 사랑하지 않는 사람은 사랑을 받을 수 없다. 스스로 아끼지 않는 전통문화를 누가 나서서 지원해 주겠는가?

문화는 사랑을 먹고 피어나는 꽃이다. 그 사랑은 구체적이고 지속적인 실천의 노력을 통해서만 가능하다. 천년의 전통문화가 그렇게 해서 자라났다. 새로운 천년의 문화도 그런 사랑의 실천행위를 통해 피어나게 될 것이다.

다시 전주문화재단을 생각한다

잠시 전주문화재단이 동네북 신세가 되었다. 이에 대한 해명이나 반발이 또 다른 논란으로 이어질 것임이 예상되지만 몇 가지 사실만은 분명하게 짚고넘어가야겠다.

우선 이사장 업무추진비에 관한 사항. '서울에 집이 있으면서 호텔에서 기거하는' 등은 전혀 사실과 다르다. 업무 추진 차 호텔 찻집과 식당을 이용한 것으로 영수증을 조금만 살펴도 쉽게 알 수 있는 내용이다. 더구나 그 액수가 5건에 50만 원이 넘지 않는데 업무 추진비를 흥청망청 쓴 것처럼 독해를 하다니 놀라운 상상력이라고 할 수밖에 없다. 아니면 악의적 오독(誤讀)이거나. 그것을 그냥 받아 적은 기자는 상상력이 부족하거나 지나치게 게을러서일 것이고.

지역과 문화를 아끼는 마음 하나로 봉사활동을 하고 있는 이를 이런 식으로 매도하다니 참으로 안타까운 일이다. 3년간 무임금으로 봉사해 온 전임 이사장에게 감사의 선물을 전한 것까지 들먹이는 것도 마찬가지. 최소한의 금도(襟度)마저 저버린 일이 아닌가 싶다.

한국전통문화아카데미에 대한 지적도 엉뚱하기는 마찬가지다. 이 프로그램은 외국인 유학생들에게 우리 전통문화를 체험하게 하여 한국과 전주를 알리자는 차원에서 마련된 사업이다. 전북지역 4개 대학 유학생들은 한 학기에 2학점을 이수하도록 되어 있고 외부지역 유학생들은 대부분 1박2일로 체험프로그램에 참여한다. 앞의 경우는 과목, 강사, 강의 장소도 이미 학기 초에 대학 당국과 협약할 때 정한 것으로 문화재단에서 임의로 변경할 수 있는 내용이 결코 아니다. 뒤의 경우도 해당 대학의 요구에 따라 프로그램이 구성되기 때문에 문화재단 '임원 특혜' 운운은 너무도 엉뚱한 상상의 결과라고밖에 할 수 없다.

더구나 이 사업이 재단에 이관된 이후 체험 장소 변경이 전혀 없었다는 점을 감안한다면 이 해석 또한 의도적 곡해의 혐의를 떨치기가 쉽지 않다. 이 이관 과정에서 기왕 치러진 사업에 대한 미집행 예산이 한꺼번에 처리된 것이 오해의 소지를 제공했겠지만, 전후 사정을 조금만 살펴보거나 대학의 학점이 어떻게 부여되는가에 대한 상식적인 이해가 있다면 오해하기 참으로 어려운 사항들이다.

시민을 대변하는 입장에서 공공예산으로 운영되는 시설이나 기관에 대해 감사하고 그 잘잘못을 따지는 것은 자연스러운 일이다. 아니 가장 중요한 의무 중 하나라고 해야겠다. 자신의 권한을 위임한 시민들은 그 발언에 귀 기울일 수밖에 없다. 그만큼 신중해야 한다.

제대로 된 감사와 비판은 사회 전반의 건전화에도 기여하지만 무고(誣告)는 열패감만 심어 줄 뿐이다. '아니면 말고' 식의 한탕주의로 잠시 언론에 오르내리는 '명성'은 얻을 수 있겠지만 그것이 곧 부메랑

이 되어 그 진정성이나 능력에 심각한 타격을 입힐 수 있다. '물고 늘어지기' '치고 빠지기' 등 오보(誤報)를 인정하지 않으려는 보도 행태도 결국 언론 전체의 신뢰도 추락으로 이어질 뿐이다.

문화재단에 아무런 문제가 없다고 항변하려는 것은 결코 아니다. 기초지자체 산하 전국 최초의 문화재단으로서 아직도 많은 시행착오를 범하고 있다. 문화재단의 위상이나 역할에 대해서도 시 당국은 물론 재단 식구들조차 갈팡질팡하고 있다. 기금도 없는 마당에 자체 기획 사업이나 장기적 전망의 정책개발은 그야말로 그림의 떡이다. 문화재단 2기가 출범하면서 다짐했던 조직 재정비, 역할 재정립, 자립 구조의 확충 등도 아직은 제대로 실현되지 못하고 있다.

그래서 필요한 것이 건전한 비판과 감시다. 그래야 조직 안에 갇혀보지 못하는 것을 반성하고 개선해 나갈 수 있다. 괜한 트집은 허탈감, 사기 저하를 넘어 반발심만 키울 뿐이다. '한탕주의'나 '치고 빠지기'의 잘못된 관행이 더 이상 통하지 않는 건강한 언론보도 풍토가 하루빨리 자리 잡았으면 하는 마음 간절하다.

경기전, 600주년을 준비하자

'역사는 흐른다!' 그러나 그 흐름에 그냥 내맡기는 것은 역사적이지 못하고 문화의 길도 아니다. 흐름의 결을 살펴 그 방향을 가늠해야 반문명의 혼돈을 피해 갈 수 있다. 그렇게 해서 세운 얼개에 살을 더하고 피를 흐르게 하여 피워 낸 것이 바로 문화의 꽃이다.

우리가 자부하는 전주 문화의 근저에 경기전의 역사가 있다. 유교 철학을 국가이념으로 실천하겠다는 의지가 그 뿌리를 이루고 있으며, 가파른 전란 속에서도 그것을 지켜 낸 숭고한 결기가 이곳 그윽한 한옥처마에 서려 있다. 그래서 조선 회화의 정점이라 할 수 있는 태조어진과 임진왜란 이전 조선 전반기 역사를 고스란히 지켜 낼 수 있었다.

이 자랑스러운 역사에 힘입어 찬란한 서화, 인쇄, 한지의 문화가 피어났다. 그 자부심에 기대어 한옥, 한식, 판소리 등 전통문화의 맥을 이 '실용'의 시대까지 이어 올 수 있었다.

그 경기전이 내년이면 태조어진 봉안 600주년을 맞이한다. 60회갑이 열 번이나 거듭한 것이다. 경사스런 터에 경사가 났다. 그러니 손 개고 있을 수는 없는 일! 그 경사와 위엄에 걸맞은 잔치를 준비해야겠다. 어서 추진위원회를 구성하여, 마침 내년에 어진유물전시관도 준공될 것이니, 이때에 즈음하여 그 품격에 어울리는 국가적 차원의 축하행사를 마련해 나가자는 것이다.

우선 경기전의 위격에 맞는 조처들이 선행되었으면 좋겠다. 시립박물관을 거쳐 시민공원으로 이어지면서 슬리퍼에 잠옷 차림으로 들락거려도 되는 곳으로 전락해 버린 슬픈 역사부터 정리해야 한다. 경기전 뜨락이야 자유스러운 휴식공간으로 계속 활용해도 무방하지만, 적어도 삼문 안쪽의 제례 공간만은 일정한 예를 갖추었을 때, 전문가의 안내를 받으며 돌아볼 수 있도록 했으면 좋겠다. 종묘와 비슷한 위격을 갖춘, 그래서 종묘제례악이 연주될 수 있는 귀한 공간의 품위를 우리 스스로 떨어뜨리는 일이 더 이상 되풀이되어서는 안 될 것이다.

이 경사스런 터에 대한 제대로 된 안내도록의 발간도 더 이상 늦출 수 없는 일이다. 외국인 관광객을 위해서도 그렇지만 아직도 단순 휴게 공간 정도로 여기고 있는 내국인, 심지어 전주시민들을 위해서도 시급한 일이다.

또 하나, 이곳에 대한 체계적이고 종합적인 연구도 제안하고 싶다. 어떤 철학과 사상을 근거로 조성된 공간이며 건축에는 또 어떤 미학이 배어 있는지, 전주사고와 그것이 지켜 낸 조선왕조실록의 역사문화적 의미는 무엇인지 등에 관한 전문적 연구보고서가 기록 차원에서도 이제는 필요한 것이다.

또한 1872년(고종 9년)에 있었던 '세초매안(洗硝埋安)'의 실상도 철저한 발굴조사를 통해 밝힐 일이며, 조경묘가 조성된 사연과 근대 일제에 의한 훼손의 역사, 최근의 부끄러운 일까지도 체계적으로 정리해 둘 필요가 있는 것이다.

잘못된 역사를 되풀이하거나 소중한 역사를 제대로 계승하지 못하면 문화의 장래는 무망하다. '실용'이라는 명분을 내세운 돈의 이전투구만 난무하여 문화는 애당초 그 싹을 기대할 수 없게 되는 것이다.

법고창신(法古創新)! 경기전 역사를 거울삼은 600주년 기념제전이 흔들리는 '전주다움'을 되살리는 귀한 기회로 이어지기를 바라는 마음 간절하다.

한옥체험교육전문기관의 필요성

한옥이 21세기 '참살이'의 터전으로 부각되면서 한옥체험교육전문기관의 필요성이 강하게 제기되고 있다. 자연친화적인 우리 전통 주거형태가 아토피를 비롯한 각종 질환의 치유뿐만 아니라 현대인들의 정신건강에도 큰 도움이 된다는 사실이 알려지면서 이에 대한 체계적인 연구와 교육의 필요성이 제기되고 있으며 그 체험 수요도 급증하고 있는 것이다.

이런 점에서 볼 때 수백 채의 한옥으로 유명해진 전주한옥마을에 관련 전문시설 하나 없다는 것은 매우 이례적인 일이라 할 수 있다. 한옥이 좋아 이곳을 찾는 이들에게 그 특성과 장점을 체계적으로 배우고 체험하게 하는 것은 관광자원 활용이라는 측면에서도 절실한 일이었다.

실제 외국인 유학생들을 위한 한국전통문화아카데미에서도 한옥 관련 수업은 가장 호응이 좋은 프로그램의 하나였다. 그러나 준비 과정이 매우 복잡하여 상설공간이 없는 현재로서는 일반 관광객을 위한 체험교육이 거의 불가능한 형편이다.

최근 전주시가 한옥마을 2단계 발전계획을 수립하면서 '한옥학교'

사업을 적극 검토하고 있는 것은 늦은 감이 있지만 다행스러운 일이 아닐 수 없다. 그러나 이 학교가 한옥 전문기능인 양성에 초점을 맞추고 있는 기왕의 타 지역 한옥학교와는 분명한 차별성을 견지해야 한다.

우선 신·개축을 원하는 이 지역 주민들에게 전문적 자문을 해 주는 역할이 포함되어야 한다. 이는 한옥 때문에 겪은 그동안의 고초에 대한 보상 차원에서 뿐만 아니라 한옥마을의 정체성을 제대로 지켜 나가기 위해서도 반드시 필요한 작업이다. 신·개축 과정에서 업자들과의 갈등으로 또 다른 마음고생에 시달리는 이곳 주민들을 위해서라도 하루빨리 시행되어야 할 일이다.

또 하나, 다양한 형태의 미래형 한옥에 대한 전문적 연구를 통해 그 전범을 마련해 나가는 일도 주문하고 싶다. 한옥마을의 집들은 도시형 한옥의 장단점을 함께 지니고 있다. 이를 보완하여 우리나라 다양한 지형에 걸맞은, 편리하면서도 생태 친화적 특성을 최대한 살린, 21세기형 한옥의 모범적 모형들을 개발해 나가야 한다. 그것이 바로 '한스타일 사업'이 추구하는 일상화, 산업화, 세계화를 한옥 분야에서 실현시켜 나가는 길이다.

이 세 가지 목표를 달성하기 위해 일반인이나 관광객을 대상으로 체험교육을 체계적으로 실시하는 것도 이 전문기관이 떠맡아야 할 중요한 일. 목조건축이 갖는 탁월한 온실가스 감축효과 및 짜맞춤 공법의 기능적·미학적 장점 등에 대한 교육과 체험을 통해 한옥의 우수성을 직접 확인할 수 있게 해 주는 작업이 필요한 것이다.

궁극적으로는 이런 지속적인 연구와 체험교육을 통해 서부 신시가지나 혁신도시, 아니면 새만금 지역에 미래형 한옥마을을 건설할 수 있는 터전을 마련해 나가는 일. 그러나 그것은 내일 일이고 당장은 전주시가 최근에 확보한 코아아울렛 건물에 한옥상설체험공간을 확보하여 급증하는 관광수요를 충족시키는 일이 급하다. 더불어 한옥아카데미 등 단기간의 교육체험프로그램을 운영하는 일도. 그래야 명실상부한 '한옥의 마을'로 거듭날 수 있지 않겠는가!

국역 전문가 양성이 절실하다

영국의 유명한 시인 키츠는 호머를 처음 만난 감격을 새로운 행성을 발견한 천문학자의 환희, 혹은 이른바 '신대륙의 발견' 시 처음으로 태평양을 맞대하게 된 어느 군인의 흥분에 비유한 바 있다. 그리스어를 잘 모르던 그가 「일리아드」나 「오디세이」를 읽을 수 있었던 것은 바로 채프먼이라는 번역자의 노력이 있었기 때문이다. 그는 이를 통해 영시사상 한 이정표를 긋는 불멸의 소네트 한 편을 남기게 된다.

문화의 핵심에는 글이 있다. 글을 통하지 않고는 문화고 인류의 위대한 유산이고 제대로 계승 전수될 수 없다. 유럽의 문예부흥기에 각 나라마다 앞다투어 그리스 로마의 고전들을 '자국어(vernacular)'로 번역한 것도 이러한 인식의 산물이라 할 수 있다.

이런 점에서 본다면, 요즘 '문화의 세기'를 앞세우며 국민소득 3만 불 시대를 운위하면서도 정작 우리 고전에 대한 번역사업을 등한시하는 것은 분명 '반문화적' 책임방기라 아니할 수 없다. 핑계야 왜 없겠는가? 우리 문화와 전통을 왜곡·압살하려 했던 식민통치, 그 이후의 미군정, 곧이어 안방을 차지한 서구식 대학 중심의 교육제도와 입시지옥, 그리고 '우리도 한번 잘 살아 보세!' 의 구호 등. 온 나라가 힘을 모아 우리 고전을 비하하고 우리 전통을 끌어내리는 데 열심이었다. 그 뒤를 이은 영어 광풍이라니!

그 결과 우리 전통고전은 골방 신세가 되고 전문가들도 변방으로 밀려나 대학이나 전문연구기관의 언저리에도 끼지 못하게 되었다. 그러니 그 후속 세대들을 양성하는 일은 어찌 되었겠는가?

덕분에 우리는 말로는 반만년의 역사를 자랑하지만 거슬러 올라가면 한 세기도 넘지 못하여 캄캄 절벽과 부딪치게 된다. 미국의 천박한 역사를 조롱하지만 정작 그들 독립 시기에 우리 선조들이 무슨 생각을 하며 살아갔는지 짐작조차 할 수 없게 되었다. 세계문화유산으로 지정된 판소리의 역사도 사실은 미국독립전쟁 이전 시기로 거슬러 올라가지 못한다.

이제 달라져야 한다. 전통문화의 지평을 바로잡아야 한다. 그 중심에 한문으로 된 우리 고전 번역작업이 있다. 선조들의 사상과 예지, 문향(文香)을 담고 있는 그것을 자랑스런 전통으로 안아야만 반만년의 역사가 조금이나마 되살아날 수 있다. 왜 그 좋은 훈민정음을 두고 남의 문자를 썼느냐고 탓할 겨를이 없다. 그렇게 한문고전을 괄호로 묶는 한 우리 역사는 일제강점기를 넘어서기도 쉽지 않다. 스스로 식민시혜론에 갇힐 수밖에 없게 된다. "전통은 아무리 더러운 전통이라도 좋다"는 김수영 시인의 절규가 단순한 수사(修辭)가 아닌 것이다.

돈만 아는 이도 먹고살 만해지면 산소를 돌보고 족보를 챙긴다. 나라도 어느 정도 몸매를 갖추면 그 정체성을 문화적으로 증명하려 애를 쓰게 된다. 로마에는 『이니드(Aeneid)』가 있고 조선에는 『용비어천가』가 있다. 19세기 말 영국은 '영국학'의 붐을 통해 제국주의의 완성을 꾀했다. 그 언저리에 "셰익스피어를 인도와 바꾸지 않겠다"는 망발이 나온다. 20세기 들어 세계 열강으로 급부상한 미국은 '미국학' 연구소를 한반도의 지방대학에까지 세우기에 이른다.

이제 우리도 스스로를 챙길 때가 되었다. 그런데 챙기려 해도 챙길 것이 없다. 우리 선조들의 얼이 배어 있는 고전이 번역되어 있지 않기 때문이다. 꽃이 필요한데 씨앗을 미처 뿌려 놓지 않은 것이다.

그래도 늦지 않았다. 지금이 중요하다. 그렇게 믿고 싶다. 민족문화추진위에서 현재 진행하고 있는 '한국문집총간'을 번역하는 데만도 현재 인력으로는 수십 년이 걸린단다. 지방 곳곳의 향촌에 묻혀 있는 문집 등을 포괄하자면 현재의 수백 배가 넘는 국역 전문가가 필요한 것이다.

서울을 제외하고 우리 지역에 전국 유일의 국역연수원이 있다는 것이 그나마 위안이 된다. 그러나 그것을 제대로 키워 내지 못하면 예향에 부끄러움만 덧칠하는 꼴이 될 것이다. 연수원이 제자리를 잡아가고 지원생이 급격하게 늘어나 한 영문학자의 열변이, 그야말로 '영문 모르는' 객담으로 치부될 수 있는 날이 하루 속히 왔으면 좋겠다.

전북의 지역혁신, 문화가 힘이다

이제 진부한 이야기가 되었지만, 21세기는 분명 문화의 시대다. 문화도 돈이 될 수 있다는 문화산업 차원의 이야기만이 아니다. 문화향유권이 삶의 질을 평가하는 데 가장 중요한 요소의 하나로 급부상하고 있다.

웰빙이 강조되면서 문화수요가 급증하고 있고 주 5일 근무제 등 생활 형태의 변화가 이런 추세를 더욱 부추기고 있다.

또한 급속한 세계화로 소수민족의 문화가 급속도로 파괴되어 가고 있다는 위기의식이 확산되면서 각 민족 고유의 문화에 대한 관심이 고조되고 있는 점도 문화의 시대다운 현상이라 하겠다.

이번 세기가 시작되던 해 유네스코에서 '문화다양성 선언'을 채택하면서 각 민족의 전통문화 보호와 육성에 팔을 걷고 나선 것도 '문화의 세기' 시작을 알리는 매우 상징적인 '사건'이라 할 수 있을 것이다.

이런 의미에서 본다면 전북지역에도 드디어 기회의 문이 열렸다 할 수 있다. 지난 수십 년간 개발독재로부터 소외당한 덕분에 이 지역에는 전통문화가 비교적 잘 보존되어 있다. 소리의 고장이라는 명성에 걸맞게 풍요로운 판소리를 필두로 한 전통음악, 다양하고 풍성한 먹거리문화, 한지, 서예, 한방 등 풍부한 전통문화예술자원이 순도 높은 원광석처럼 제련의 날만을 기다리고 있다.

그리고 산업화가 뒤처지면서 생태환경이 덜 파괴된 점도 삶의 질이 강조되는 이 시대에는 오히려 소중한 자원으로 활용될 가능성을 높여 주고 있다. 삶의 질이 강조되는 문화의 시대에는 이들 모두 지역혁신의 중요한 터전이 될 수 있는 것이다.

지역혁신은 중앙집중적 국가운영이 그 효용성의 한계를 드러내면서 제기된 개념이다. 지방분권론이 대두되고, 동시에 각 지역의 자생적 지속발전 전략이 요구되면서 등장한 것이다. 따라서 지역혁신에서 우선 필요한 것은 그 지역의 잠재력과 활용 가능한 자원에 대한 엄밀하고 냉정한 자가진단이라 할 수 있다. 그저 전망이 좋다고 따라 나서서는 안 된다는 말이다. 중앙정부의 지속적인 투자를 전제해야만 가능한 일에 매달리는 것은 기왕의 혁신역량마저 훼손시킬 염려가 있다.

지역혁신은 그 지역이 가장 잘 할 수 있는 것을, 지속적인 발전을 담보할 수 있도록 시스템화하는 것이지, 중앙의 지원 예산에 의존하여 새로운 사업을 도모하는 것이 아니다. 중앙의 예산 지원이 무의미하다는 것은 물론 아니다. 그것에만 목매달지 말고 엄정한 자가진단을 전제로 지역 내 각 주체들의 협력체제 구축에 먼저 힘써야 한다는 지적을 하고 싶을 뿐이다.

우리 지역에는 다른 지역보다 훨씬 더 풍부한 전통문화자원이 있다. 덜 훼손된 생태관광자원도 풍성하다. 지역주민들의 전통문화에 대한 자부심도 매우 강하며 전통문화유산 지수도 전국 최고 수준이다. 게다가 문화의 시대다! 문화에 대한 수요가 급증하고 있으며 그만큼 문화관광산업의 전도가 양양하다는 얘기가 된다.

그러니 이제 수십 년 소외론을 들먹이며 징징거릴 일이 아니다. 되지도 않을 산업 유치한다며 예산타령만 늘어놓을 일도 아니다. 우리가 가장 잘 할 수 있는 일을 챙겨야 한다. 그것이 다름 아닌 문화다.

문화도 분명 돈이 될 수 있다. 그러나 더 중요한 것은 그것이 삶의 질 향상에 필수부가결한 부분이라는 점이다. 더욱 눈여겨볼 일은 투자나 노력의 효과가 지속적이라는 점이다. 공해의 염려도 없고 위험부담도 거의 없다는 것, 게다가 경쟁 상대가 많지 않다는 점도 간과할 수 없는 매력이다.

참여정부의 정책목표는 "전국이 골고루 개성 있고 특성 있는 지역 발전의 달성"에 있다. 지역혁신은 이를 위한 것이다. 이 지역에서의 혁신도 이 지역의 '개성'이나 '특성'에 대한 엄정한 진단 위에 방향 축을 잡아야 한다. 우리 지역이 소외의 설움을 딛고 문화의 시대를 주도해 나갈 날을 기대해 본다.

거대한 뿌리

"전통은 아무리 더러운 전통이라도 좋다."

무분별한 서구화에 대해 시인 김수영은 일찍이 이렇게 항변한 바 있다. 그리고 반세기, 아직도 우리는 서구 열등의식에서 자유롭지 못하다. 특히 개발 중심의 산업화 논리에서는 한 발자국도 벗어나지 못하고 있다. 적어도 지금까지는 그랬다.

그런데 변화의 조짐이 보이고 있다. 산업화에서 소외당함으로써 '낙후된' 이 지역에서 그 바람이 불기 시작한다는 점이 이채롭다. 아니 어쩌면 자연스러운 일이라 할 수도 있겠다. 가장 약한 고리가 혁명의 터전이라던가? 개발논리에서 가장 벗어나 있던 곳이 전통을 되살리는 혁신의 텃밭으로 기능할 수 있다.

전주를 중심으로 전통문화에 대한 관심이 고조되고 있다. 이제까지 발전의 걸림돌 취급을 받아 오던 전통문화를 지역혁신, 지속적인 지역발전의 핵심 축으로 삼겠다고 야단이다.

오랫동안 몇몇 소수 문화인들 방담거리에 불과하던 것이 이 지역의 가장 중요한 화두의 하나로 자리를 잡아가고 있다. 골칫거리로 여겨지던 한옥마을이 이제는 전국적인 관심의 한가운데를 차지하게 된 것이다.

급작스러운 상황 변화가 염려스럽다. '소외론' 혹은 '낙후론'이 갑작스러운 '냄비 열기(?)'의 이면에 숨어 있지 않나 해서다. 소외로 인한 낙후를 일거에 떨쳐보겠다는 조급증이 이를 부채질하고 있는 것은 아닌지? 광주나 부산 아니면 경주에 대한 부질없는 경쟁의식이 우리를 내몰고 있는 것은 아닌지? 이런 염려가 변화를 반기는 마음 한켠을 차지하고 있는 것이다.

물론 문화는 분명 돈이 될 수 있다. 전통문화는 적어도 문화의 시대에 중요한 관광자원이 될 수 있다. 소위 산업화가 가능한 것이다. 그러나 그것은 돈의 논리, 산업화의 논리에서 자유로웠을 때 가능한 일이다. 지속적인 노력과 오랜 기간 동안의 숙련과 숙성 과정을 통해서만 이루어질 수 있는 것이다.

우리가 전통문화에 관심을 기울이는 보다 중요한 이유는 삶에 대한 변화된 태도와 연결되어 있다. 그 하나로 양과 속도, 효용성을 중요시하던 것에서 질과 품격, 흔히 말하는 '웰빙' 혹은 '삶의 질'을 더 소중하게 여기는 자세로의 변화를 꼽을 수 있다.

와해되어 버린 공동체, 그 따사로운 삶의 터전을 복구하고 싶어 하는 염원 또한 전통문화에 대한 관심의 고조와 무관하지 않다. 개발과 산업화로 인한 물질만능주의와, 그것을 가능케 했으며 또 그로 인해 더욱 조장된 개인주의, 그 폐해에서 벗어나고픈 마음이 이런 태도 변화의 가운데에 자리하고 있는 것이다.

김수영 시인의 표현대로, 전통문화는 '거대한 뿌리'다. 그것은 더디고 느리게 자라나 품격 있는 우리 삶을 위한 자양분을 끊임없이 제공해 줄 것이다. 그러니 서두를 일이 아니다. 소외론, 낙후론을 들먹이며 징징거릴 일도 아니요, 예산 타령하며 서울만 쳐다볼 일도 아니다. 차분하게 우리 스스로 챙겨 나가야 한다.

정부 예산을 타오기 위해서라도 먼저 무엇인가 보여 줄 수 있어야 한다. 말하자면 우리 스스로 '전통문화사랑계좌' 하나라도 너나없이 모두 열어 나가자는 얘기다. 그것이 우리 자신의 삶의 질을 고양시키기 위한 것인데 어찌 남에게만 의존하려 한단 말인가?

전통문화, 선택이 아니라 필수다

사람이 먹고살 만해지면 족보를 챙긴다. 조상들의 산소도 돌보고 뒤늦게 고향도 찾아보게 마련이다. 자기정체성을 확인하고 싶어 하는 것이다.

이를 경제적 여유의 부산물이라 할 수만은 없다. 성장하며 자아가 싹트게 되면 누구나 자기 존재의 의미를 곱씹게 된다. 사춘기의 방황은 이런 자기 정체성 확립을 위한 몸부림 바로 그것이다.

나라나 민족도 마찬가지다. 일정한 정치적·제도적 안정을 이룩하게 되면 그 정체성 확립에 나서게 된다. 단순한 무력의 우열에 의해 나라가 세워진 것이 아니라는 점을 입증하고 싶어진다. 우연이 아니라 필연이라는 것을 믿고, 믿게 하고 싶어지는 것이다.

건국에 관한 신화나 서사시는 그러한 욕구의 산물이다. 로마 아우구스대제 시절의 『이니드』가 그렇고 조선 세종조의 『용비어천가』가 그런 '뿌리 찾기'의 전형적인 예라 할 수 있다. 이런 시기를 우리는 흔히 문예부흥기라 칭하기도 한다. 문예를 통해 나라의 정체성을 확립하려다 보니 문예가 중흥할 수밖에 없는 것이다.

16~7세기 영국은 스페인의 '무적함대'를 물리침으로써 대서양의

해상권을 장악하게 된다. 그러나 해적국가라는 이미지를 쉽게 떨쳐 버리지는 못한다. 엘리자베스 1세의 문화정책은 이를 해소하기 위한 노력의 하나라 할 수 있다. 19세기 말 '영국학(the English)'의 대대적인 붐 조성도 문화적 열등의식을 극복하기 위한 국가 차원의 정책적 배려다. 식민제국의 오명을 유구한 전통문화를 내세움으로써 희석시키고 싶었던 것이다. 영국의 역사가 재정리되고 '영문학'이 새삼 공식학문의 한 영역으로 당당하게 자리를 잡게 되는 것도 이 시기의 일이다. 그 극적인 표출이 '셰익스피어를 인도와도 바꾸지 않겠다'는 망발이라 하겠다.

20세기 초 세계의 최강국으로 우뚝 선 미국이 펼친 '미국학(the American Studies)' 붐 조성 정책도 같은 맥락으로 이해할 수 있다. 역사와 전통문화가 비교적 일천하다고 할 수 있는 미국이기에 이 일은 훨씬 더 광범위하고 치밀하게 진행될 수밖에 없었다. 경제대국으로 급부상하고 있는 중국이 현재 집요하게 '동북공정'을 펼치는 것도 이러한 경향과 무관하지 않다고 본다.

우리는 어떠한가? 정신문화원이나 민족문화추진위 등이 구성되고 최근 '한국학' 관련 부분에 대대적인 투자가 이루어지고 있는 것이 이러한 노력의 예들이다. 전통문화에 대한 관심의 고조도 바람직한 경향이라 할 수 있다. 문제는 그 구체적 구심점이 잡히지 않았다는 점이다.

전주가 전통문화중심도시를 선언하며 나서는 것은 바로 그 구심점으로 서 보겠다는 의지의 표현이다. 국가가 마땅히 추진해야 할 과제의 일부를 수행해 나가겠다는, 역할 분담의 다짐을 하고 나선 것이다.

다행스러운 점은 전주가 그런 역할을 감당할 역량이나 조건을 가장 풍부하게 갖추고 있다는 것이다. 풍부한 전통문화 자산은 말할 것도 없고 주민들의 관심이나 의지 또한 만만치가 않으며 지자체 전주시의 정책 방향 또한 확고하다. 전주 주변의 생태적 환경도 급증하고 있는 문화적 욕구 수요를 충족시켜 주기에 더없이 좋은 조건을 갖추고 있다. 전통문화와 생태체험을 엮은 테마관광의 풍성한 자원을 갖추고 있는 것이다.

문제는 국가 차원의 지원이다. 민족의 전통문화에 관한 정책은 우리 민족의 정체성을 확립하기 위한 일이다. 그러니 우리 문화정책의 최우선 고려사항이 되어야 한다. 선택이 아니라 필수 사항인 것이다. 그러나 정책의 구체적 추진은 현장, 그것도 가장 바람직한 여건과 강한 의지를 확인할 수 있는 현장에서 이루어질 수밖에 없다. 그것이 바로 전북지역이고 전주라는 점은 많은 전문가들의 논의를 통해 이미 입증된 바 있다.

망설일 일이 아니다. 좌면우고도 그쯤 했으면 됐다. 국가의 최우선 과제임이 확인되었으며 그것을 실현시킬 의지와 역량도 점검되었다. 전주를 전통문화중심도시로 선언하라. 그리하여 우리 전통문화의 우수성을, 우리 민족의 정체성을 직접 확인할 수 있는 소중한 공간으로 거듭날 수 있도록 선택적 예산 지원을 보장하라. 그래야만 어설픈 돈자랑으로 얻은 '어글리 코리안'의 오명을 씻어 낼 수 있다. 그래야만 우리도 당당한 문화민족으로 선진국들과 어깨를 나란히 할 수 있게 된다.

준비가 잘 된 곳을 지원하는 것이야말로 예산집행의 효율성을 높이는 일이다. 그것이 바로 지역혁신이요 균형발전을 기하는 일이 아니겠는가?

선택과 집중의 딜레마

 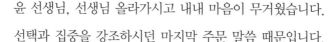윤 선생님, 선생님 올라가시고 내내 마음이 무거웠습니다.
선택과 집중을 강조하시던 마지막 주문 말씀 때문입니다.
 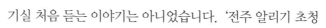기실 처음 듣는 이야기는 아니었습니다. '전주 알리기 초청
기행'에 참여한 다른 전문가들도 비슷한 지적을 했습니다.
너무 많은 것을 안고 가려다 보니 핵심 키워드가 없다. 과감한 기획
조정 없이 경쟁력을 갖추기란 무망한 일이다. 전주의 '여섯 공주'
모두를 껴안으려는 무모함을 경계하는 애정 어린 충고들입니다.

이들의 지적에 대해서는 일정 정도 수긍을 하면서도 항변을 했더
랬습니다. 경쟁력을 갖추기 위한 기획이 오히려 문화를 망칠 수 있
다. 전주가 그나마 전통문화의 명맥을 유지할 수 있었던 것이 잔계
산에 능하지 못했기 때문이기도 하다. 전주 문화의 특징이 종갓집처
럼 차마 버리지 못하고 온갖 것들을 끌어안고 온 데 있다. 그리하여
확 띄는 것은 없지만 그래도 천천히 눈을 주다 보면 곱씹을 만한 것
들로 아기자기하다.

그러나 선생님 말씀은 다르게 다가왔습니다. 선생님의 남다른 이
력 때문일 것입니다. 평생 얄팍한 경제논리에 휘둘리지 않고 출판의

정도를 밟아 오신, 화려하지는 않지만 누구도 흉내 낼 수 없는, 그 당당한 발자취 말입니다.

선생님께서는 전날 밤 늦은 술자리에서도 그 점을 강조하시더니, 다음날 간담회 마지막 정리말씀을 하면서도 이를 되풀이하셨습니다. 특히 선택과 집중 없이 다양한 분야의 책들에 매달리다 타격을 입은 쓰라린 경험까지 소개하면서 말입니다.

그런데 조금 당혹스러운 것은 완판본의 비문화적·반역사적 방치에 대한 선생님의 준엄한 질타 모습입니다. 이에 대해서는 어떤 변명도 부끄러움만 가중시키리라는 것을 잘 알고 있습니다. 그러면서도 이 일을 제대로 추스르려다 보면 또 하나의 '공주'를 껴안는 꼴이 되지 않을까 하는 의구심이, 억하심정으로, 생기는 것입니다.

좀 엉뚱하지만 이런 생각을 해 봅니다. 전통문화를 운위하면서 경쟁력이니 선택과 집중의 구조조정을 들먹이는 것이 혹, 석유 때문에 일어난 이라크 전쟁은 반대하면서 금방 바닥이 날 석유를 펑펑 써대는 생활은 반성하지 않는 자기모순과 흡사한 것이 아닌가 하고 말입니다. 환경운동 한다면서 독한 연기 뿜고 다니는 것도 비슷한 경우일 것이고요.

실리나 경쟁력만을 강조하는 산업사회 이전, 느리고 더디지만 삶의 질을 더 소중하게 여기던 우리 잃어버린 공동체적 삶의 산물이 전통문화 아니던가요? 이제 와서 그것에 주목하는 것도 서구적 산업화로 인한 폐해와 부작용에 대한 반성에서 나온 것 아닌가요?

속도와 효율성만을 중시하다가 잃어버린 삶의 온기를 되찾자는 것, 그리하여 우리 삶의 패러다임을 좀 바꾸어 보자는 것, 그것이 전통 문화를 내세우는 속뜻이 아닌가 하는 것입니다.

저는 제가 차지하고 있는 자리에 어울리지 않게 이런 어쭙잖은 생각도 하고 있습니다. 문화 팔아 돈벌려고 하면 문화도 망치고 돈도 벌지 못한다, 문화의 산업화를 반대하거나 그 가능성을 부인하는 것도 아니지만 문화 고유의 속성을 무시한 채 경제논리를 앞세워서는 아무것도 이룰 수 없다고 말입니다.

선생님, 명절 뒤끝의 객담이 시건방으로 이어지고 있습니다. 전통문화를 살려 전주를 살기 좋은 도시로 만들어 나가기 위해 제 고민이 좀 더 철저해질 필요가 있겠다는 반성을 선생님 충고를 떠올리며 다짐삼아 해 본 것입니다.

언제나 출판계의 정도를 지키는 어르신으로 남아 주십시오. 그것이 무엇보다도 더 큰 가르침으로 우리를 일깨워 줄 것입니다. 내내 건강하소서.

한옥마을의 전설

한옥마을에 새로운 전설이 하나 생겼다. 전국적인, 아니 국제적인 관광명소로 떠오르면서 새로운 신화의 필요성이 제기되고 있는 것과 때를 맞춘 듯하여 이채롭다.

내용인즉 태조로를 함께 걷고 한옥 구들에 어깨를 나란히 하고 하룻밤을 보내면 삐걱거리던 남녀관계가 일거에 좋아진다는 것이다. 입소문으로만 나도는 것이라 그 연원을 확인하기가 쉽진 않지만 이런 풍문도 보태지고 있다. 태조로 입구에서 전동성당 쪽을 향해 함께 걷다 보면 자기도 모르게 서로 손을 잡게 되어 친구가 애인 사이로 변한다는 것이다.

요즘 이 지역에서 촬영하고 있는 인기 텔레비전 연속극 영향 때문이 아닌가 하는 추측이 가능하다. 고즈넉한 한옥 거리를 산책하며 느낄 수 있는 포근함, 정겨움, 편안함 등이 원인이 아닐까 하는 어림짐작도 있을 수 있다. 황혼 무렵 한옥과 더불어 전동성당이 연출하는 그야말로 황홀한 낭만적 '하늘 윤곽선'을 한 번이라도 본 사람이라면 이런 추론에 쉽게 동의할 수 있을 것이다.

참으로 반가운 일이 아닐 수 없다. 사랑하는 사람들이 몰려드는 곳이라면 관광명소로 터를 잡는 일은 시간문제다. 더구나 친구인지 애인인지 몰라 애콩달콩하는 청춘남녀들이 찾아온다니, 한옥마을뿐만 아니라 전통문화중심도시로 거듭나려는 전주로서도 절호의 기회를 잡은 셈이다.

문제는 기회가 항상 위기와 함께 온다는 것이다. 남녀관계의 얘기가 아니다. 이 지역이 안고 있는 근본적인 문제와 관련된 것이다. 분명 기회라 할 수 있다. 이런 전설로 인해 태조로가 '연인의 거리'로 명성을 더해 가고, '한옥마을 가자!'가 사랑 고백의 말을 대신하면서 내방객이 급증하게 된 것은. 이를 확인하기 위해 굳이 주말을 택할 필요는 없다. 주중에도 한옥마을은 연일 '만원사례'다.

그런데 한번 걸어 본 사람들의 표정이 영 밝지 않다. 끊임없는 자동차의 소음과 매연 때문이다. 시시때때로 길이 막히면서 걷기도 쉽지 않을 뿐만 아니라 막힌 차들의 공회전으로 인한 매연은 인내의 한계를 넘어서고 있다. 모처럼 사랑하는 사람과 분위기를 잡고 밀어라도 속삭이려면 어김없이 그놈의 자동차가 나타나 방해를 하곤 한다.

좀 더 섬세한 이들은 볼품없는 간판과 어지러운 전선으로 인한 풍광의 심각한 훼손을 지적하기도 한다. 소문이나 전설과는 상당한 거리가 있는 것이 아닌가, 불편한 심기를 의심의 눈길로 대신하는 이들이 점점 늘고 있다.

심각한 위기다. 전설만 해도 그렇다. 한번 손상된 전설의 '아우라'를 되살리기는 쉬운 일이 아니다. 사랑과 관련된 전설은 특히 그렇다. 새로운 전설 하나가 만들어지기 어려운 마당에 기왕 터잡이를 시작한 전설이 소소한(?) 소홀함 때문에 그 매력을 상실한다는 것은 생각하기도 싫은 일이다.

더욱 안타까운 것은 이러한 아쉬움이 연인들에게만 한정되지 않을 것이라는 점이다. 한옥마을의 정겨움에 젖고 싶어 막연히 찾아온 더 많은 이들에게 품격 없는 간판이나 전봇대, 편리함을 내세운 자동차의 횡포는 불쾌감만 남기고 말 것이다.

더 이상 방관할 수는 없다. 자동차의 방자함을 내버려두고 볼품없는 거리 조경을 방치한다면 반대의 전설이 만들어지지 말라는 법도 없다. '태조로를 걷거나 한옥마을에 가면 잘나가던 사이도 어긋나고 만다!' 그럴 수는 없다. 우리 모두 지혜를 모아 그 해결책 마련에 나서야 한다. 그것도 지금 바로!

전주의 변화…전통문화가 곧 경쟁력

 한국에 와서 4년여를 살았지만 이번에야 겨우 한국문화의 전형을 느낄 수 있었다. 외국인에게 한국(문화)을 알리기 위해서는 전주를 우선 방문하게 하는 것이 좋을 것 같다. 전주에 와서야 비로소 참다운 어머니 나라의 독특한 문화를 체험할 수 있었다. 문화도 문화지만 따스한 전통적 삶의 온기를 느낄 수 있어 좋았다.

얼마 전 전주를 방문한 한국외국어대학 외국인 교수와 광복 60주년 기념행사에 참여한 해외교포 자녀들이 남기고 간 말이다.

우리 전통생활문화가 주민들의 구체적 삶 속에 녹아 향유되고 있는 곳. 수백 채에 이르는 한옥의 그윽한 정취와 판소리를 비롯한 전통음악의 신명을 언제 어디서나 맛볼 수 있는 곳. 허름한 다방이나 식당에도 예외 없이 서화가 걸려 있는 멋과 맛의 고장. 옛 이름 완산주(完山州)나 현 이름이 함축하듯 '완전(完全)의 땅'을 추구해 온 전주(全州)를 형용하는 말들이다.

산업화와 서구화에 밀려 쇠락의 길을 걷고 있던 전주가 전통문화중심도시를 내세우며 힘찬 거듭남을 시도하고 있다. 전주를 찾은 많은 전문가들도 그 타당성과 가능성을 인정하고 있다. 지역주민들의 자부심과 의지도 어느 때보다 크고 강하다. 그 역량과 여건은 한옥마을의 성공적인 혁신사례를 통해 이미 전국적으로 입증한 바 있다. 가장 한국적인 도시, 한국을 대표하는 전통문화중심도시로 다시 태어날 준비를 이미 갖추고 있는 것이다.

문제는 정부와 국가의 의지라 할 것이다. 한 나라의 문화정책은 국가나 민족의 정체성 확립에 기여하는 방향으로 잡혀야 한다. 경제적 삶의 조건이 충족되었을 때 집안을 추스르기 위해 족보를 챙기고 산소를 돌보게 되는 개인사와 흡사한 당위가 한 나라의 문화정책에도 요구되는 것이다. 당연히 그 정책의 핵심에 우리 정체성을 확인시켜 줄 수 있는 전통문화에 대한 고려가 있어야 한다.

전통문화는 선조들의 땀과 지혜가 집적되어 있는 우리 얼과 혼의 보고이자 민족 정체성의 표상이다. 그런데도 일제 식민지배와 서구 중심의 산업화 과정을 거치며 빠른 경제성장과 물질적 풍요의 지향 속에서 우리 전통문화는 낙후되고 고루한 것으로 치부되어 왔다. 이로 인해 공동체 문화의 모태를 이루는 전통적 삶의 양식은 황폐화되었다. 부끄럽게도 웰빙적 삶을 강조하는 문화의 시대를 맞이하고서야 비로소 우리 전통문화가 건전한 대안문화로 주목을 받기 시작했다.

문화의 시대, 문화가 산업이 되고 문화의 향유권이 중요한 기본권의 하나로 자리를 잡아가고 있는 이때, 우리 고유문화를 키워 나가는 일은 바로 우리를 세우는 일이요 우리 얼과 혼을 가꾸어 나가는 일이다.

  늦은 감이 있지만, 전통문화를 문화정책의 중심에 둔 좀 더 과감하고 효율적인 지원과 투자를 촉구한다. 그런 의미에서 나라가 해야 할 일을 감히 대신 챙겨 나가겠다고 나선 전주를 주목해 달라는 주문도 아울러 하고 싶다.

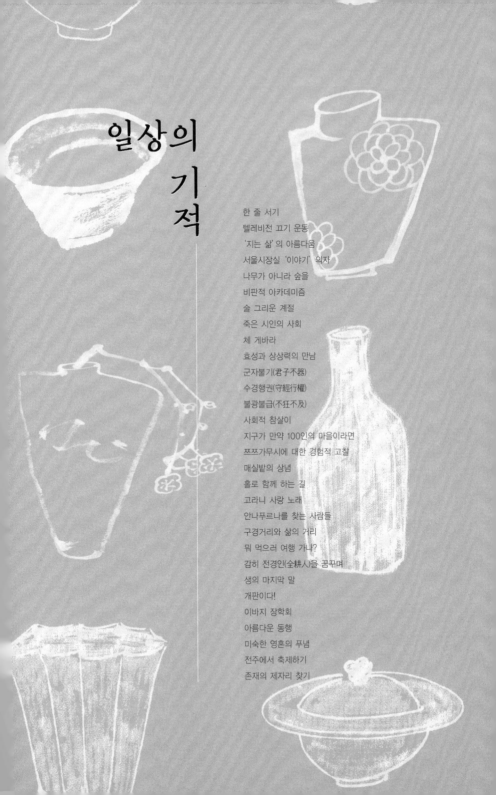

일상의 기적

한 줄 서기

언제부터인가 우리 사회에서는 '줄 잘못 서면 망한다'는 말이 통용되어 왔다. 합리적 기준보다는 지연이나 학연 등 인연의 끈에 따라 운명이 좌우되는 상황이 빈번하게 반복 되면서 생긴 통념이 아닌가 한다.

특히 오랜 세월 동안 극심했던 좌우 이념 대립과 지금도 극복하지 못한 보스-가신 중심의 정치풍토가 이러한 비합리적 문화를 강화시켜 왔다고도 할 수 있다.

이러한 '운수타령'은 일상적인 삶의 터전에서도 흔하게 확인할 수 있다. 옆 차선의 차들은 잘 빠지는데 자기 차선의 차들이 그렇지 못하면 얼마나 짜증이 나던가? 출입번호표가 없는 은행 창구 같은 곳에서 자기보다 늦게 온 사람이 더 빨리 일을 처리하고 나가면 또 얼마나 약이 오르던가? 두 줄로 늘어선 현금인출기 앞에서 우리는 또 얼마나 신경을 곤두세워야 하는가? 하다못해 붐비는 화장실에서도 어느 줄이 빨리 줄어들지를 살펴야 하니 얼마나 피곤한 일인가?

이러한 짜증은 분명 우리의 '빨리빨리' 풍토와 깊은 관련이 있다. 조금만 지체해도 빵빵거리거나 소리를 지르는 그 성마름. 한 줄로 서지 못하고 여러 줄로 나누어 서는 것도 이런 조급성 문화의 산물이라 할 수 있다. 한 줄로 서면 줄이 길게 늘어질 수밖에 없는데 그 긴 줄 뒤에 서기가 영 내키지 않는 것이다.

우리가 줄서기를 강조하는 것은 '먼저 온 사람 우선'이라는 원칙을 지키기 위해서다. 그러나 이 줄서기 관행은 이런 '원칙'의 실현을 상당 부분 오히려 방해하고 있다. 줄을 잘 서면 늦게 오고도 먼저 처리할 수 있는 것이다.

이제 바꿨으면 좋겠다. 괜한 스트레스에서 벗어나기 위해서도 그렇고 줄서기에 따라 '운명'이 뒤바뀌는 불합리를 극복하기 위해서도 그렇다. 늦어지더라도 합리적으로만 처리된다면 누구나 수긍할 수 있는 것이다.

새해에는 '한 줄 서기' 문화가 정착되어 '줄 잘못 서면 망한다'는 말이 더 이상 통용되지 않기를 진심으로 기원한다.

텔레비전 끄기 운동

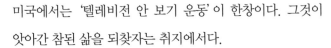
미국에서는 '텔레비전 안 보기 운동'이 한창이다. 그것이 앗아간 참된 삶을 되찾자는 취지에서다.

매년 4월 마지막 주에 펼쳐지는 이 운동에서는 특히 텔레비전이 제공하는 '걱정 말고 행복하라(don't-worry-be-happy)'식의 '환상(phantasy)' 혹은 가상현실에서 벗어나 보자는 차원에서 구체적인 실천방안까지 제시하고 있다.

이 운동이 전국적인 공감을 얻고 있는 데는 여러 가지 원인이 있을 수 있다. 아이들의 텔레비전 시청시간이 늘어나면서 비만아동이 증가하고 있다는 가시적 통계도 그 하나일 것이다.

그러나 더욱 중요한 것은 이 수동적이고 '머리를 비우는(brain-emptying)' 경험의 후유증에 대한 염려와 관련 있다. 그 대안으로 야외활동이나 독서 등 적극적인 활동을 권하는 것만 보아도 짐작할 수 있는 일이다.

먼 나라 얘기를 새삼스럽게 들추는 것은 텔레비전 시청의 문제점을 선진국답게 잘 지적해 주고 있어서가 아니다. 우리도 이미 다 알고 있는 일이다. 부모들의 고민 중 상당 부분이 자녀들의 과도한 텔레비전 시청과 연계되어 있다. 다른 점이 있다면 이를 극복하기 위해 그들이 좀 더 적극적으로 나서고 있다는 것이다.

우리나라에서도 한 환경잡지에서 펼치고 있는 '단순하고 소박한 삶 운동'의 하나로 지난 3월 1일을 '텔레비전 끄는 날'로 정한 적이 있다. 그러나 좋은 취지에도 불구하고 하루 정도의 짧은 '절제'는 다른 많은 날들의 '과용'에 대한 변명의 구실로 작용할 수 있다. 견디기 쉽지 않은 기간 동안 '금욕'을 해 보아야만 일상적 삶에의 지배력이나 그 폐해 등을 실감할 수 있다.

텔레비전은 분명 인간의 가장 위대한 발명품 중의 하나다. 허나 그 자체로 유용성이 보장되는 것은 아니다. 과하면 미치지 못함만 못하다. 수동적 편안함만을 조장하는 텔레비전 시청의 경우는 더욱 그렇다. 미국식 운동의 수입을 암시한 것도 이러한 이유에서다. 그 것이 취미를 넘어 삶의 중요한 영역까지 점유해 버리는 불상사만은 피해야 하지 않겠는가?

'지는 삶'의 아름다움

 일등지상주의가 팽배해 있는 마당에 '지는 법'을 가르친다니 놀라운 일이 아닐 수 없다. 봄 가뭄에 단비처럼 반가운 신선한 충격의 진원지는 '지는 아이로 키우기 운동'을 벌이고 있는 한국수양부모협회다.

이 운동이 특히 주목을 끄는 것은 그 정신이 우리 사회를 찌들게 하는 갖가지 병리현상의 본질에 대한 통찰과 이어져 있기 때문이다.

심각한 뒤틀림의 본질적인 원인은 다양한 삶의 양태를 인정하지 않으려는 데 있다. 획일적 기준으로 한 줄 서기를 강요하고 그에 따른 경쟁만을 강조하며 부추긴다. 그 경쟁에서 이겨야만 삶의 의미를 보장받을 수 있는 것처럼 말이다.

그러니 공동체 사회의 밑거름이라 할 수 있는 양보의 마음이 소중하게 평가받을 리 없다. 원칙이라는 것도 헌신짝이기는 마찬가지다. 치열한 경쟁에서 살아남기 위해서는 이웃을 짓밟을 수밖에 없다. 현실적으로 그것이 보편 이념으로 통용되고 있을 뿐만 아니라 자식교육에 한이 맺힌 부모들에 의해서 확대재생산되고 있다.

'지는 삶'이란 엄밀하게 말하면 다른 사람의 기준에 의해 실패나

패배로 판정받는 삶을 의미한다. 자기 스스로의 기준에 의하면 '이기는 삶'일 수 있다. 독창적인 사고방식으로 인해 지진아 판정을 받았던 많은 천재들의 삶이 전형적 예라 할 수 있다.

'지는 연습을 많이 한 아이들이 진정으로 이기는 아이로 성공할 수 있다'는 믿음도 그 연장선상에 있다. 이 말 역시 '성공' 이데올로기에 오염되어 있는 듯하여 안타깝기는 하지만.

중요한 것은 삶이 '이기고 지는' 문제가 아니라는 점이다. '지는 법'을 가르치는 운동도 궁극적으로는 이에 대한 깨우침을 목표로 삼아야 할 것이다. 세속적 기준에 의한 성공이나 실패와 무관하게 자신의 가치척도에 따라 최선을 다하는 삶의 아름다움을 깨닫게 해야 한다. 살벌한 교육현장이나 혼탁한 정치권의 파행도 맹목적인 승리 지상주의에서 벗어날 수 있을 때에야 본연의 제 모습을 찾게 될 것이다.

서울시장실 '이야기' 의자

'호화 벽지'와 비뚤어진 책장으로 유명한 서울시장실에는 독특한 사연을 담은 12개의 의자가 다양한 이야깃거리를 제공해 준다. 의자는 보통 편안함이나 건강, 혹은 권위를 염두에 두고 선택하게 마련인데 이곳의 것들은 전혀 다른 차원에서 마련되었다. 회의용 의자에도 시정 방향과 철학을 담은 것이다.

이들은 크게 세 종류로 구분된다. 서울의 전통과 흔적이 담긴 것 5개, 사회적 모범을 보인 시민들이 사용하던 의자 4개, 시정 운영의 철학을 상징하는 것 3개, 북촌한옥마을의 장인이 30년 넘게 사용하던 의자가 있는가 하면, 400여 년 동안 20여 대에 걸쳐 서울에서 살고 있는 토박이 후손이 평생 썼던 것도 있다.

옛 서울역을 추억하기 위해 그곳의 폐기 목재를 활용하여 제작하기도 하고, 마을 주민이 쓰다 버린 것을 수리하기도 했다. 순직한 소방관이 공무원시험을 준비할 때 앉아 사용했다는 의자나 중증장애인을 돌보던 복지재단 이사장의 휠체어를 일부 보수한 것까지 구해다 놓은 점도 퍽 인상적이다.

한 의자의 등받이 뒤편에는 이런 소개글이 새겨져 있다.

"이 의자는 사회적 약자, 서민 등을 주로 변론하여 인권 변호에 힘썼던 고 조영래 변호사 가족이 기증한 것입니다. '한 나라의 인권 상황은 인권을 지키고 증진시키려는 그 나라 시민의 노력과 결의에 달려 있다'고 조영래 변호사의 인권에 대한 생각입니다."

단순히 스토리텔링만의 얘기가 아니다. 철학과 진정성이 문제다. '호화 벽지'만 해도 그렇다. 선거 당시 보내 온 시민들의 소망을 담은 메모지로 벽 한 면을 장식하고 있다. 수많은 시민들의 정성을 하나하나 모은 것이니 '호화판'이라 할 수 있다. 당선되고 나면 헌신짝 취급하기 일쑤인 것을 잊지 않겠노라 시위하고 있다. 언론 홍보용이라는 비아냥이 오히려 어쭙잖아 보인다.

책장을 똑바로 세워 놓지 않는 것에도 철학이 담겨 있다. 그 포스트모던한 발상이 눈길을 끌고 궁금증을 유발한다. 자연스럽게 질문을 유도하며 '평행선으로 맞서기만 하는 사회풍조를 염려하여!'라는 답을 듣도록 해 준다. 그곳을 가득 채우고 있는 각종 파일과 책장 곁에서 탐스럽게 자라고 있는 상추까지! 방 주인의 철학과 내공이 곳곳에 스며 있다.

이 방 주인이 은평뉴타운 문제를 해결하기 위해 시장실을 그곳으로 옮긴다 하여 또 언론을 탔었다. 또 주목 끌기라며 빈정댔지만 그 신선한 파격이 반갑다. 서울시민이 참 부럽다.

나무가 아니라 숲을

 의과대학 실험실에서의 얘기다. 파리, 모기 등 곤충들의 다리를 현미경으로 관찰하고 그 절지동물의 이름을 알아맞히는 시험시간. 한 학생이 얼굴을 찡그리며 한참을 들여다보더니 포기하고 일어난다. 백지 답안지를 제출하고 나가려하자 교수가 제지하고 나선다.

"학생, 이름이 무엇인가?"

그러자 학생이 돌아보지도 않고 바지를 걷어올린다.

"이 다리 보고 제 이름 알아맞혀 보세요!"

인터넷에 떠도는 우스개 얘기다. 그러나 쓴웃음을 자아내게 하는 함축이 읽히기도 한다. 시험을 위한 시험. 지나치게 미시적인, 그래서 부분만 보고 전체는 놓치는 분과학문의 한계를 돌아보게도 한다.

중등학교 국어시험 문제 중에는 그 시를 지은 시인도 풀지 못하는게 있다. 그야말로 문제를 위한 문제, 시의 이해에 도움이 전혀 안 되는 억지 문제다. 하도 많은 시험을 치르다 보니 중복을 피하기 위해 어렵게 짜낸 것이다. 어쩔 수 없는 일이라 해도 안타깝기는 마찬가지다. 대학 진학을 위해서는 이런 억지춘향을 감내해야 한다.

문제는 대학에 가서도 이런 엉터리 평가가 지속된다는 것.

미시적 분과학문의 폐해는 더욱 심각하다. 전체를 아우르지 못하는 절름발이 지식을 가지고도 당당히 전문가로 행세한다. 아니 존경까지 받는다. 4대강 사업에 도움을 준 많은 교수와 전문지식인들. 흐르지 않는 물이 썩는다는 사실은 전문적 수련이 필요한 지식이 아니라 그냥 상식이다. 그러나 전문가들은 복잡한 전문지식과 논리를 내세워 이 평범한 상식마저 호도해 버린다.

요즘 논란이 되고 있는 큰빗이끼벌레 문제만 해도 그렇다. 강물이 흐르지 못해 썩어서 생긴 것인데도 잘난 전문가들은 미시적 분석이 필요하다며 판단을 보류하고 있다. 4대강 사업에 도움을 준 토목, 건축, 지질 전문가들도 여전히 자기 분야에만 매몰되어 그것이 초래한 총체적 부작용에는 애써 눈을 감아 버린다. 여전히 현미경으로 곤충 다리만 살피고 있는 것이다.

그래서 두렵다. 의욕에 찬 민선 6기 단체장들이 전임과 다른 성과를 급하게 내기 위해 엉터리 전문가들에게 기대는 모양이. 오랜 세월 다양한 논의를 통해 겨우 방향을 잡은 사업까지 "원점에서 다시 살피겠다!"고 나댄다. 그 뒤에는 분명 그 논의에서 소외되었던 몇몇 전문가의 불만 섞인 문제 제기가 있었을 것이다.

그런데 웃자고 한 우스개 얘기에 너무 죽자고 덤빈 것은 아닌가, 나무에 매달려 숲은 보지 못한 채?

비판적 아카데미즘

 체육관에 몇몇이 모여 대통령을 뽑던 시절. 주권이 국민에게 있다는 당연한 사실이 아무렇지도 않게 유보되고 지식인들마저 자기 전공이 아니라고 외면하며 숨죽이던 때, 목숨을 건 제자들의 투쟁에 뒤늦게 눈을 뜬 소수의 교수들이 대통령직선제를 요구하는 서명을 하고 나섰다. 삼엄한 시절이라 그만큼 단호할 수밖에 없었다. 잡혀가 구타당할 것은 물론 여차하면 교수직을 잃을 수도 있다는 염려를 떨칠 수 없었다.

자연스럽게 스스로의 학문 연구에 대한 반성도 뒤따르게 된다. 전공에 갇혀 좁고 긴 관을 통해 하늘을 살피는(用管窺天) 어리석음에 빠져 있는 것은 아닌지, 문학의 이름으로 문학을 낯설게 하고 언어학의 이름으로 언어를 소외시키는, 현실은 괄호 속에 묶어 둔 채 '상아탑주의'에 함몰되어 유유자적 아니면 전전긍긍하고 있는 것은 아닌지, 진지하게 뒤돌아보기 시작한 것이다. 특히 점점 더 심해지는 지방소외, 지역차별 문제에 전공을 핑계로 모르쇠 해 온 것에 대한 반성을 절실히 하게 된다.

이름하여 비판적 아카데미즘. 학제 간 연구를 통해 지역문제에 대한 비판적 대안을 제시하겠다며 영호남 4개 지역에서 동시다발적으로 출범한 지역학술운동단체가 내건 실천적 학문활동의 기치다. 한때 우리 사회에 풍미했던 지방분권이나 지역혁신은 이 단체들에서 제안하여 대선공약을 거쳐 국가 핵심정책으로 승화시킨 개념이다.

대학이 평가를 내세운 무한경쟁체제로 내몰리는 상황에서도 주눅들지 않고 오히려 연합하여 학회(한국지역사회학회)를 결성하고 학회지를 매년 네 차례 발간하며 봄·가을 두 번의 학회를 치르는 등 활동을 정례화하고 있다. 평가를 전공영역으로만 한정하는 등 역풍이 거세지만 이를 역으로 학제 간 연구의 필요성이 더 절실해진 상황으로 간주, 힘을 모아가고 있다.

하지만 지역이나 대학의 반응은 여전히 싸늘하다. 대구 경북, 부산 경남, 광주 전남 등 영호남 학자 80여 명이 참여하여 '도시와 농촌, 순환적 발전'을 대주제로 학회를 치렀지만 언론은 물론 교수들도 전혀 눈여겨보지 않는다. 우리 시대 가장 중요한 화두인 '지속가능성' 문제를 다방면에서 검토, 26편의 논문이 발표되었음에도 불구하고.

아직도 새만금을 중심으로 한 성장론에 갇혀 낙후 타령만 하고 있는 우리 지역의 여건이나 연봉제를 향한 평가에서 자유롭지 못한 대학의 엄혹한 현실을 감안하면 자연스러운 현상이다.

교수직까지 내걸 수 있었던 시절이 차라리 행복했나?

술 그리운 계절

 우리는 종종 일탈을 꿈꾼다. 때로는 실제 벗어나 보기도 한다. 다시 돌아오기 위해서다. 벗어나지 않고는 돌아올 수 없다. 돌아온 탕아가 그러하듯 틀에 박힌 일상을 벗어던져 보아야만 새롭게 거듭난 모습으로 일상을 맞이할 수 있다. 그렇지 않으면 진부함에 함몰되기 십상이다.

시인과 예술가들에게는 상상력이라는 놀라운 일탈의 날개가 있다. 누워서도 푸른 바다 그 깊은 곳을 항해할 수 있다. 골방에 앉아 우주 저편의 속삭임도 들을 수 있다. 천재들은 흔들리지 않고도 넘친다. 넘쳐흐름으로써 온 강과 들녘의 온갖 푸른 향기를 느낄 수 있다. 우리 범인들이 항아리에 갇힌 물처럼 그 좁고 퀴퀴한 공간을 온 세상으로 착각하고 있는 동안.

그런 비상의 날개가 아무에게나 주어지는 것은 아니다. 설사 주어진다 해도 쉽게 펼치질 못한다. 일상 규범의 부릅뜬 눈 때문이다. '습관이 서리만큼 무거운 추로 내리누르고'(워즈워스) '세월이라는 무거운 짐이 기를 꺾고 구속하기' 때문이다. 그래서 '인생의 가시밭에 쓰러져 피를 흘리노라!'(셸리) 절규하는 것이다.

상상력이나 천재성을 부여받지 못한 중생은 다른 힘을 빌리지 않고는 흔들릴 수도 넘쳐흐를 수도 없다. 그래서 술의 도움이 필요하다. 벗어나기 위해. 크게 한번 흔들려 보기 위해.

술은 바람이다. 상상력이 영감의 바람이듯, 그것은 일상의 진부함을 털어버리게 해 주는 혁신의 바람이다. 막걸리가 이른 봄 수액이 잘 오를 수 있도록 나무줄기와 가지들을 흔들어 주는 바람이라면, 소주는 썩은 가지들을 부러뜨리고 부실한 열매들을 털어내 남은 것들을 실하게 해 주는 태풍이다.

취직과 돈벌이의 일상에 쫓기다 '우리 민주주의가 초기화된 컴퓨터'(한승헌)처럼 되어 버린 요즘같이 술의 '혁명적 타격'(고은)이 절실한 적도 없다. 습관의 노예가 되어 수십 년간 쌓아 온 민주화의 자료들 그 소중한 유산마저 날리고 말았다. 이기심에 사로잡혀 일탈의 소통을 게을리하다가 민주공동체의 터전마저 빼앗기고 만 것이다.

털어내야 한다. 걷어내야 한다. 푸른 하늘 덮은 '먹구름과 쇠항아리.' 술의 상상력을 빌려 '껍데기'에 가려진 '4월'의 '알맹이'(신동엽)를 되살려야 한다. '긴 밤 지새우는' 디오니소스적 열정을 되찾아 다시 '아침이슬'의 상쾌한 향을 맛볼 수 있어야 한다.

이래저래 참 술 고픈 계절이다. 진실로 술친구가 그리운 계절이다.

죽은 시인의 사회

안도현 시인이 절필을 선언했다. 자신의 트위터에 "박근혜가 대통령인 나라에서는 시를 단 한 편도 쓰지 않고 발표하지 않겠다"고 맹세까지 했다. 유신시절을 떠올리게 하는 작금의 사태에 절망과도 같은 분노를 느끼며 자신의 손과 발을 자르는 자해의 극한 선택을 한 것이다.

국가기관이 대통령선거에 영향을 미칠 여론조작 댓글을 달았다. 여당은 선거국면 전환을 위해 국가기관과 공모하여 은밀하게 남북정상대화록을 활용했다. 그 국가기관은 또 이 범법행위들을 덮기 위해 대화록 자체를 공개하여 NLL 이슈로 여론을 호도했다.

하나하나가 정권의 정당성 자체에 치명적일 수 있는 범죄행위들인데 이해 당사자이자 국정 최고책임자인 대통령은 침묵으로 일관하고 있다. 더욱 답답한 것은 국민들이 말도 안 되는 지지율로 화답하고 있다는 것. 민감한 시인이 아니더라도 절벽을 맞대한 느낌인데 시인의 심정이야 오죽했을까.

영국의 한 시인은 시인을 '인정받지 못한 세상의 입법자'라 칭한바 있다. 세상이 나아갈 길을 밝히지만 사람들이 잘 인정해 주지는 않는, 세상에 빛을 가져다주려 하지만 빛을 싫어하는 세상으로부터는 배척당하기 십상인 존재로 시인을 그리고 있다. 동료 시인이 스물다섯 살 나이에 죽은 것을 이런 이유로 안타까워했는데, 그도 서른을 넘기지 못하고 죽고 말았다.

시인을 지상으로 '추락한 천사'라 칭한 비슷한 시기의 미국 시인도 세상에 버림받아 길에서 얼어 죽었다. 이름하여 '죽은 시인의 사회.' 시인에게 세상은 가시밭길이다. 절망의 늪이다.

이 '죽음에 이르는 병'으로부터 벗어나기 위해서는 어떤 식의 몸부림이 필요하다. 육신의 죽음을 피하기 위해서는 다른 희생 제물이 필요하다. 제물도 제대로 된 제물이라야 효험이 있다. 시인이 내놓을 수 있는 값진 제물은 무엇이 있을까.

그래서 안타까워하면서도 시인의 선택에 귀를 기울이는 것이다. 아니 또 다른 형태의 이 절절한 시에 감응하여 이제까지 알지 못했던 세상사에 눈을 뜨고 이제까지 느끼지 못했던 두려움을 절감하게 되는 것이다. 절필 선언 자체가 세상의 청맹과니들을 향한 절규의 시이자 죽음의 유혹을 떨치기 위한 필사의 몸부림이다.

바람이 있다면 이 죽음과도 같은 절필의 기간이 하루 빨리 마감되는 것. 벌써 그의 '외롭고 높고 쓸쓸한' 시가 그립다!

체 게바라

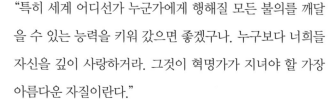

"특히 세계 어디선가 누군가에게 행해질 모든 불의를 깨달을 수 있는 능력을 키워 갔으면 좋겠구나. 누구보다 너희들 자신을 깊이 사랑하거라. 그것이 혁명가가 지녀야 할 가장 아름다운 자질이란다."

불꽃처럼 살다간 체 게바라가 자녀들에게 남긴 마지막 편지의 한 구절이다. 그는 또 다른 혁명을 위해 떠나면서도 자녀들에게 감히 혁명을 권하고 있다. 갖은 역경, 심지어는 죽음으로 이끌 수도 있는 혁명가의 길을. 정의와 사랑, 그리고 아름다움까지 함께 하는 혁명적인 삶. 가정의 이름으로, 현실을 핑계로 꿈도 이상도 모두 포기해버린 우리 일상과는 많이 다른 모습이다.

우리는 이런 '다름'을 '틀림'으로 호도하며 자위한다. 심지어는 그런 삶을 모욕한다. 그래야 스스로의 소시민적 옹졸함을 덮을 수 있으니까. 빛고을 '체 게바라 티셔츠' 해프닝도 그 연장선상에 있다.

섣부른 이야기는 그를 모욕하기 쉽다. 혁명과 혁명가의 의미를 더럽힐 수 있다. 그 징후는 90년대 후반에 불기 시작한 '게바라 열풍'에서 확인된다. 영웅 없는 시대가 영웅을 부르는 것은 자연스러운 일이다. 그러나 그가 일생을 바쳐 저항했던 제국주의 미국의 심장부에서 아무런 반성 없이 그가 추모되고 있는 모습은 영 볼썽사납다.

사르트르가 평한 '우리 세기에서 가장 성숙한 인간'을 존중하는 진정성은 사라지고 그의 외모가 풍기는 '저항의 이미지'만을 취하는 선정적 열기만이 있을 뿐이다. 제임스 딘이나 마이클 조단에 대한 환호와 크게 다르지 않다.

더욱 안타까운 것은 이를 이용한 상업주의의 횡행. 심지어 쿠바나 볼리비아 정부조차 이 추모 열기를 이용하여 게바라 상품화에 여념이 없다. "그의 이념 따위는 필요 없다. 그의 반항적인 이미지와 얼굴만이 관심의 대상일 뿐이다." 검은 베레모에 아무렇게나 기른 머리칼, 덥수룩한 턱수염의 이미지만 남고 "인간이 또 다른 인간을 억압하게 하는 '그 무엇'에 대해 근본적으로 저항했던" 고독한 혁명가의 격정적인 삶은 사라지고 만 것이다.

그냥 검은색이 필요해 입은 티셔츠 가지고 징계를 내세우는 매카시즘 색깔론도 그렇지만 '대중문화의 일부'일 뿐이라며 도망가기에 급급한 '무섬증'도 안타깝기는 마찬가지다. 스스로의 잘못을 얼버무리기 위해 국정원이 조장하는 공안정국에 야당은 물론 모든 언론이 일시에 백기를 들고 휘둘리는 꼴과 닮았다.

정녕 혁명의 시대는 끝났나 보다. 허기는 군사쿠데타가 혁명으로 둔갑하는 시대이다 보니.

효성과 상상력의 만남

시인은 시만 가지고 감동을 주는 것이 아니다. 살림살이 자체가 시(詩)인 악양 박남준 시인의 낭만적 청빈이야 더 말할 것이 없고, 절필까지 선언하며 시대와 맞장뜨겠다는 안도현 시인의 결기 뒤에 숨어 있는 수많은 '발견'의 일깨움(확인하고 싶으면 매주 토요일에 진행되는 '사제와 시인과 함께 하는 아름다운 순례길 걷기'에 참여해 보라! 끝없이 이어지는 꽃과 나무와 풀들에 관한 이야기로 발걸음이 지칠 틈이 없다.), 김용택 시인의 뜬금없는 발언이 주는 돌연한 깨우침까지!

전북작가회의 여름수련회에서도 김용택 시인은 예상 밖의 증언으로 진한 감동을 불러일으켰다. 처음 자신의 시작품에 관한 얘기는 횡설수설까지는 아니래도 끝맺음 하기가 어려울 정도였는데, "시 말고 삶에 대해 말해 보자. 시도 삶의 얘기니까!" 하며 꺼내든 어머니 얘기는 장내를 일거에 숙연하게 만들었다.

팔순을 한참 넘긴 시인의 어머니는 노인요양병원에서 생활하고 계신다. 현대의학의 도움으로 겨우 연명 수준의 삶을 이어가고 있었다. 시인 부부는 이런 모습이 안타까워 계속 고민을 해 왔던 것. 그러다가 평생 잘해 오던 일이라면 지금 상황에서도 잘해 나가리라는 생각에 천조각과 실, 바늘을 마련해 드렸다. 예상 적중! 약간의 치매 기운마저 있는 이 어머니의 삶은 그날부터 천지개벽, 다시 젊은 날의 능동적인 삶을 회복했다.

이제는 그 병원의 모든 바느질거리를 도맡아 처리하며 천조각을 이어 만든 식탁보 등은 내다 팔 수도 있는 수준이 되었다. 급기야 별도의 작업공간까지 마련하였으니 연명의 세월이 하루아침에 당당한 공예인의 창작활동으로 거듭난 것이다.

또 하나 시인 부부가 착안한 것이 생각할 거리를 제공해 주자는 것. 복잡하고 새로운 것은 오히려 부담스러워 "가장 행복했던 때가 언제였어요?" "우리 집 하면 어떤 생각이 먼저 떠올라요?" 등을 화두처럼 던지고 다음 만남에서 확인하는 것이다.

재미난 것은 그 답이 자주 변한다는 것이다. "애비가 교사 발령을 받았을 때!" "손주가 태어났을 때!" 등등. 이는 계속 생각을 한다는 것의 반증이다. 이는 치매의 진전을 막아 줄 뿐 아니라 자신의 삶을 자연스럽게 정리해 주는 이중 삼중의 효과가 있는 일이다.

이 모든 것이 시인 부부의 지극한 효성과 놀라운 상상력이 있어 가능한 일이었다. 상상력도 없고 효성도 부족한 나 같은 범부는 이 감동의 깨우침을 받고도 실현할 길이 없으니 이를 설워하노라!

군자불기(君子不器)

"구조조정이 이루어진 많은 기업에서 가장 불행한 사람은
전문성을 갖추지 못한 사람이다."

"현대사회는 과학문명이 극도로 발전해 각 분야마다 전문
성을 요구하고 있다."

"이제 시민운동도 전문성을 필요로 하고 있다."

이 '전문성 타령'은 어제오늘 얘기가 아니다. 경제적 효용성, 생산
성을 중시하는 자본주의 세상에서 분업을 강조하게 되면서 시작된
일이다. 그러나 전문성도 순기능 못지않게 심각한 역기능을 안고
있다.

우선 편협성의 문제를 들 수 있다. 전문성 확보를 위해서는 관심
대상을 한정시킬 수밖에 없다. 시간과 역량의 한계 때문에 불가피한
일이다. 문제는, 전체를 보지 못하고 부분에만 집착하면서도 여기에
서 얻은 편향적 입장이 '전문가의 이름으로' 고수되며 그 권위로 사
회의 주요 정책에까지 반영되고 있다는 점이다.

기능주의에 함몰하기 쉽다는 것도 큰 문제다. 자기에게 주어진 전
문적 기능 수행으로 자신의 역할을 한정시켜 버린다. 전체의 조화나

164

균형은 '보이지 않는 손'에게 맡겨 버리고 자신은 도덕 무풍지대에 안주하는 것이다.

4대강, 새만금, 원자력발전소 문제들은 바로 이런 기능주의 전문가들의 편협함이 빚어 낸 재앙들이다. 그것이 가져다줄 산업적 이득만 계산했지 그것들이 영원히 확대재생산해 낼 생태환경의 부작용까지는 보지 못한 것이다. 편리와 돈이라는 부분을 취하려다 삶의 질은 물론 기본적 생존조건까지 통째로 상실하고 만다는 점을 놓치고 있는 것이다.

분업을 기본조건으로 하는 산업사회에서, 돈 없이는 살 수 없는 자본 세상에서 전문성을 갖추는 것은 불가피한 일이다. 그러나 여기에 갇혀서는 안 된다. 이 시대가 요구하는 진정한 전문가라면 역기능까지 감안한 판단과 그에 따른 행동을 취할 수 있어야 한다. 전문성은 수단일 뿐이다. 그것을 어떻게 사용할 것인가 하는 것은 교양과 도덕심의 문제다.

'군자불기'는 그래서 나온 말이다. 요즘 들어 인문학이 강조되는 것도 이 때문이다. 문제는 평생교육 차원에서는 중요시되면서도 중등학교나 대학의 정규교육과정은 여전히 일인일기(一人一技)가 대세를 이루고 있다는 점이다. 심지어 대학은 기업에서 당장 써먹을 수 있는 규격화된 기능인을 양성하라는 윽박지름에 숨 돌이킬 틈이 없다. 많은 교양교육과목이 필수에서 선택으로, 이제는 애물단지로 전락해 가고 있다.

수경행권(守經行權)

시민단체 임원 취임을 위해 인감증명을 떼러 갔다. 신분증을 요구하기에 공무원증을 내밀었더니 안 된다고 한다. 규정에 주민등록증과 운전면허증만 된다고 되어 있단다.

"신분증은 본인임을 확인하기 위한 거 아니냐? 이 공무원증에 사진이 붙어 있고 생년월일도 명기되어 있다. 이것으로 본인인지 아닌지 확인할 수 있는 거 아니냐?"

하지만 돌아온 답은 "규정 때문에 어쩔 수 없다!"

"그러니까 그 규정을 왜 만들었는가? 신원을 확인할 수 없는 사람에게 증명서 함부로 발부하지 말라는 취지에서 만든 것 아닌가?"

그래 봤지만 돌아온 것은 동어반복의 '규정 타령' 뿐!

한국방송통신대학에서 강의 요청이 왔다. 학생들의 평생학습에 대한 열의를 생각하여 차마 거절할 수가 없었다. 그런데 이번 학기 들어 새삼 재직증명서 제출을 요구했다. 지난 학기에도 강의를 했고 학점까지 주었다. 그런데 왜 갑자기? 규정이 새로 바뀌었단다. "내 신원을 확인하고 강의 요청을 한 거 아니냐?" 해 보지만 역시 여기도 '규정 타령!'

수경행권(守經行權)이란 말이 있다. 원칙을 지키되 상황에 맞게 대처한다(권도를 행한다)는 뜻이다. 옛날 미생이란 사람이 다리 밑에서 만나자는 약속(규정)을 큰물이 났는데도 융통성 없이 지키려 하다가 물에 빠져죽은 고사에서 유래한 미생지신(尾生之信)과 대비되는 말이다. 형수가 물에 빠져 떠내려가고 있는데 남녀유별의 예(규정) 때문에 손 내밀어 구하지 않는 것은 더 큰 예를 놓치는 일이다.

요즘 한창 유행인 텔레비전 드라마에서 '좋은 의사'는 어린이의 생명을 구하기 위해 끊임없이 병원 규정에 대항한다. 규정에 얽매인 '의료기술자'에 맞서 참된 의료인의 길을 추구함으로써 시청자들의 울분을 대신 달래 주고 있는 것이다. 규정(원칙)을 지키는 것은 중요한 일이다. 유념할 점은 그것의 목적, 그 정신과 철학을 함께 새길 줄 알아야 한다는 것이다. 규정 자체가 아니라 그것이 추구하는 가치까지 염두에 두어야 한다는 말이다.

의사에게는 환자들의 생명을 지키는 것이 더 중요한 원칙이듯 공무원들이 보다 소중하게 지켜 나가야 할 원칙은 주민들의 편의를 위해 봉사해야 한다는 것. 서류가 좀 미비하다고 아무렇지도 않게 민원인들을 돌려세워서는 안 된다는 말이다.

공무원이 공무원한테 공무원증 때문에 곤욕을 치러서 그런지 객설이 좀 길다!

불광불급(不狂不及)

미치지(狂) 않으면 미치지(及) 못한다! 세상에 의미 있는 일 치고 미치지 않고 이룰 수 있는 것은 없다. 학문이나 예술은 물론 사랑까지도 온전히 자신을 잊는 오랜 몰두가 있어야만 빛나는 성취로 이어질 수 있다.

황동규 시인은 "우연에 기댈 때도 있었다" 하지만, 진인사대천명(盡人事待天命)이라고, 스스로도 어찌할 수 없는 광기의 열정과 헌신이 전제되어야만 우연에 기대는 것도 가능하다.

이 '미치광이들'에게는 아무리 어려운 현실적 조건이라도 장애가 될 수 없다. '정상적인' 사람들에게는 좌절과 절망을 불러일으킬 여건이 이들에게는 오히려 분발을 촉구하는 자극제일 뿐이다.

밀턴은 시력을 잃고도 「실낙원」, 「복낙원」 등 위대한 서사시를 썼으며 베토벤은 청력을 상실하고도 「합창교향곡」, 「장엄미사」 후기 현악사중주 등 '인류 최고의 유산'을 남겼다.

상업화와 산업화에 저항하며 독특한 환상의 세계를 시와 그림으로 그려 낸 영국 최고의 낭만시인 블레이크는 아예 미치광이 취급을 받았다. 산으로 부식하여 그린 동판에 직접 채색을 하여 오랜 공정을 거쳐 어렵게 찍어 낸 그의 시그림은 내용도 혁명적이지만 생산방식도 광적인 열정의 몰입 없이는 불가능한 영역의 것이다.

이들에게 현실에의 순응은 죽음일 뿐이다. 습관, 인습에 젖는 것은 진부함(cliche)을 용납하는 것이요, 이런 상투성이야말로 예술 생명의 포기에 다름 아니다. 하여 이들은 항상 우리들 '죽은 시인의 사회'의 이방인이요 아웃사이더이다. 버림받아 외롭고 고독하고 가난한 이들은 때로 '저주받은 존재', '추락한 천사'로 불리기도 한다. 길에서 죽은 포(Edgar Allan poe)나 그를 떠받들던 프랑스 상징주의 시인들처럼.

문제는 이것이 먼 나라 옛날 이야기만이 아니라는 점이다. 가장 한국적인 도시 전주의 중심인 한옥마을, 슬럼화한 이 마을을 떠나지 못하고 오랫동안 지켜 온 미치광이들! 이 문화예술 공예인들의 광기 어린 열정 덕분에 이 마을은 한국을 넘어 세계적인 관광명소로 거듭날 수 있었다.

그런데 이제 이들이 변방으로 내몰리고 있다. 고향에서 대접받지 못하는 선지자들처럼. 돈의 논리만이 횡행하는 이 거리에서 예술혼을 들먹이는 일은 미치광이의 넋두리! 상업성에 휘둘리면 '민원이 가장 많던' 옛 슬럼가 시절로 다시 전락할 수 있다고 경고해 보지만 이미 황야를 맴도는 선지자의 허한 울부짖음 취급이다.

허기는 이느 역사에 '죽은 시인의 사회' 아닌 시절이 있기나 했나?

사회적 참살이

건강하고 멋있게! 오래된 우리의 꿈을 대변하는 구호다. 말하자면 '삶의 질'을 높여 좀 품위 있게 살아보자는 뜻이다. 그런데 요즘 특이한 것은 이런 일을 개인적 차원이 아니라 사회문화적 차원에서 실천하려는 움직임이 제기되고 있다는 점이다. '생활 따로 건강돌보기 따로'가 아니라 생활 속에서 건강도 챙기고 생활의 질도 높여 나가자는 것이다.

이런 생활방식을 흔히 '로하스(Lohas)'라 부른다. 이는 '건강하고 지속가능한 삶의 방식(Lifestyle of Health and Sustainability)'을 뜻하는 말로 2000년 미국의 한 컨설팅업체가 사용하면서 세계적인 주목을 받게 되었다.

이를 추구하는 '로하스족'은 자신의 건강 외에도 미래 소비 기반의 지속가능성까지도 고려하는 친환경적 소비 형태를 고집한다. 장바구니 사용하기, 천으로 만든 기저귀나 생리대 사용하기, 일회용품 사용 줄이기, 프린터 카트리지 재활용하기 등을 들 수 있다.

로하스 개념은, 함께 누릴 환경을 생각하고 미래에도 지속가능한 발전을 고려하는 '사회적 참살이'라는 점에서 개인을 중심으로 잘

먹고 잘 살기를 추구하는 웰빙과는 분명한 차이가 있다. 가족의 건강을 위해 벽지를 친환경 소재로 바꾸는 것이 웰빙적 태도라면 벽지의 원료가 재생 가능한 것인지, 폐기할 때 환경 저해 성분이 나오는 것은 아닌지 등을 따지는 것은 로하스적 자세라 할 수 있다.

'제대로 먹고 제대로 살되, 나와 더불어 너의 삶도 함께 고려하자!'를 모토로 삼고 있는 로하스족은, 그래서 현재의 우리뿐만 아니라 미래의 우리까지도 고려하며 한계에 다다른 지구 환경보호에도 앞장을 선다.

대단한 철학이나 실천력이 필요한 일이 아니다. 흔히 '로하스 지수'로 싱싱함(生), 함께함(同), 편안함(安), 즐거움(樂), 친환경(淸) 등 다섯 가지 지표를 들고 있지만 음악을 좋아하는 마음 하나로도 그 지수는 높일 수 있다.

장바구니를 챙기고 종이컵 사용을 자제하며 생태와 환경을 생각한다면, 우리 모두의 건강한 먹거리와 맑은 물, 공기, 푸른 숲을 위해 즐겁고 긍정적인 마음으로 힘을 모아 나간다면, 우리가 바로 이 시대의 희망연대 '로하스족'이 되는 것이다.

지구가 만약 100인의 마을이라면

 지금 세계에는 63억 명이 살고 있다. 매년 8백만 명이 생계를 유지하지 못할 정도로 가난하여 죽어 간다. 매일 3만 명의 어린이가 굶주림과 치료 가능한 질병으로 죽어 가고, 매년 6백만 명의 어린이가 다섯 살이 되기 전에 영양실조로 죽는다. 매일 8억 명이 굶주림에 시달리고.

그러나 실감이 나지 않는다. 그래서 지구를 100명이 사는 마을로 가정해 본다. 우리 스스로 얼마나 축복받은 존재인지 깨닫지 못한 채 매일 불만, 원망, 불평을 늘어놓으며 살아온 것은 아닌지 뒤돌아보라는 취지로 만든 동영상의 내용이다.

초반에는 인구의 대륙별 분포, 종교나 사용 언어의 비중, 남녀노소의 비율 등 재미있는 통계들이 제시된다. 그 뒤 이어지는 내용을 소개하면 이렇다.

20명은 영양실조, 1명은 굶어 죽기 일보 직전인데 15명은 비만이다. 43명은 위생시설이 갖춰지지 않은 곳에서 살고 있으며 18명은 깨끗하고 안전한 물조차 마실 수 없다. 이 마을의 모든 부 가운데 59%를 6명이, 나머지 39%를 74명이 차지하고 있으며 나머지 2%를

20명이 나눠 갖고 있다. 전체 에너지의 80%를 20명이, 80명이 그 나머지 20%를 나눠 쓰고 있다.

만약 은행계좌를 갖고 있다면 부유한 30명에 속한다. 반면에 18명은 1,000원도 못 되는 돈으로 하루하루를 버티며, 그보다 나은 52명도 2,000원 이하로 하루를 연명한다. 자가용은 7명, 컴퓨터는 12명만 갖고 있으며 인터넷을 하는 사람은 3명뿐이다. 중등교육 이상을 받은 사람이 7명, 대학교육은 1명에게만 주어지는 특혜인 반면 14명이 글조차 읽지 못한다.

"만약 당신이 냉장고에 음식을 보관하고, 옷장에 옷을 넣어 둘 수 있으며, 잠을 잘 수 있는 침대가 있고 눈비를 막아 줄 지붕이 있는 집에 살고 있다면 당신은 전 세계인 75%보다 부유합니다."

"만일 당신이 공습이나 폭격, 지뢰로 인한 사망, 무장단체의 강간 납치 등의 공포에 늘 떨며 살고 있지 않다면 그렇지 못한 20명보다 축복받은 사람입니다."

"만일 당신이 어떤 괴롭힘이나 체포와 고문, 죽음을 두려워하지 않고 자신의 신념과 양심에 따라 움직일 수 있다고 말할 수 있다면 그렇지 못한 48명보다 축복받았습니다."

등수 따지기 좋아하니까 한번 헤아려 보자. 우리는 과연 100명 중 몇 등? 몇 등이기에 이 불평과 원망인지, 이 계절에 한번 뒤돌아볼 일이다!

쯔쯔가무시에 대한 경험적 고찰

온몸이 쑤신다. 몸살감기처럼 뼈마디가 욱신거리고 사지가 나른하다. 오랜 술모임의 후유증이 이렇게 나타나는가 했다. 손목 부위에 벌레에 물린 자국이 있는데 그 주변이 발갛게 부어오르고 겨드랑이에 몽우리가 잡힌다.

젊은 약사는 손목 상처가 곪으면서 나타나는 증상 같다고 소독이나 하고 온전하게 곪기를 기다려 짜내는 게 좋겠다며 과산화수소만 권한다.

노곤한 통증을 잊기 위해 그날도 막걸리의 힘을 빌렸다. 이튿날도 욱신거림이 가시지 않아 귀한 손님 모시는 자리를 핑계로 또 점심 반주를 챙겼다. 몸살 기운은 더 심해질 뿐이다.

하지만 내일 중간고사 출제와 오늘 저녁 일정 때문에 병원을 찾을 틈이 없다. 병을 내세워 약속을 취소할 수도 있겠지만 두 달 넘게 집 짓느라 애쓴 목수들을 위한 '쫑파티'라 여의치가 않았다.

그러나 죽으라는 법은 없다! 서울 출장 간 팀장 목수가 못 온단다. 그래도 다른 팀원들은 기왕 잡힌 날이니 강행하자고 하더니 막 약속 장소를 향해 출발하는데 연락이 왔다. 다른 목수 하나도 어렵단다.

그래서 병원을 찾을 틈을 얻게 되었다. 진단 결과 쯔쯔가무시!

울고 싶은데 뺨 때려 준다고, 정말 쉬고 싶었는데 병이 찾아온 것이다! 사방으로 일정 취소 통보를 해댄다. 이 병의 유명세 때문에 긴 변명은 필요치 않는데 반응이 묘하다. 쯧쯧 혀를 차기도 하고, 꼴에 농사는 무슨 농사? 무시하기도 하고. 그래서 쯔쯔가무시, 이런 병명이 생겼나 보다.

더 묘한 것은 약을 먹고 나니 쑤시던 삭신이 언제 그랬냐는 듯 금방 회복되었다가 약기운이 떨어지자 다시 증상이 나타나기 시작했다. 하지만 약을 먹으니 이내 다시 정상! 우리 몸이라는 게 참 별게 아니구나! 진드기 유충 그 보잘것없는 것에 물렸다고 열이 나고 몸우리에 시달리는 등 요란을 떨더니, 작은 알약 세 알 먹고 나니 모든 게 정상으로 돌아간다.

진드기에 쯧쯧 혀 차이고, 알량한 알약 세 개에 무시당하고. 그래 나도 혀 차며 무시하기로 했다. 새벽에 일어나 알약 챙겨먹고 미리 사두었던 양파모를 무려 세 시간에 걸쳐 낸 것이다. 허기는 졌지만 몸은 괜찮다. 그래 쯧쯧, 무시하면 되는 것이다.

매실밭의 상념

 이제는 성숙이요 품격이다. 고도성장을 해 온 대한민국만의 얘기도 아니고 가파른 상승세를 타고 있는 이 지역 거점 대학만의 얘기도 아니다. 자그만 매실밭 가다듬으며 곱씹어 보는 화두다.

나무 그루 수가 늘어나면서 수확량을 헤아리기 시작했다. 처음 열 댓 그루에서 몇십 킬로를 땄을 때만 해도 그 양에 연연하지 않았다. 그러다가 쉰 그루가 넘어가고 오백 킬로 이상 딸 수 있게 되자 양에 신경을 쓰게 되고 급기야는 천 킬로 수확이라는 꿈 같지 않은 꿈까지 꾸게 된다. 무엇에 어떻게 쓸지 고민하지도 않고 무조건 생산량 늘리는 데 골몰하게 된 것이다. 그 일 톤을 넘기면 무슨 좋은 일이 생기기라도 하는 것처럼.

그러나 그 양을 넘긴 지 몇 년 되었지만 아무런 일도 생기지 않았다. 해야 할 일만 늘어나 손과 발, 어깨와 허리까지 뻐근하다. 감히 전원생활까지는 아니라도 여유 있는 시골 살림살이 정도는 기대했었는데 수확량 증가에 현혹되어 애초의 바람을 놓치고 말았다. 급기야 수확량이 급증한 올해에 이르러서는 즐거움이 아니라 무거운 짐이 되어 마음까지 억누르게 된다.

벗어나야 한다, 이 성장의 숫자놀음에서. 신새벽에 톱과 낫을 들고 나선 것도 이 때문이다. 수확량 늘리기 위해 여기저기 심은 나무들이 생태계(?)를 파괴하고 있다. 기왕의 감나무를 위협하고 새로 심은 이팝나무의 성장도 방해한다. 무성한 가지와 잎은 채소에게 돌아갈 응분의 햇볕과 바람까지 가로막는다.

모든 성장에는 성장통(痛)이 따른다. 고도성장으로 인한 공해, 생태파괴, 공동체 해체 등의 대가에 시달리는 대한민국이 그렇고, 실적 위주의 연구를 위한 연구, 취업을 위해 영혼까지 팔겠다는 비인간화한 대학이 그렇다.

그래서 막 출발한 의욕 충만의 민선 6기 단체장들에게도 권하고 싶다. 이제 성장의 경제지표가 아니라 품격의 삶의 질을 고민하자고. 관광의 일시적 성취가 아니라 문화와 생태의 지속가능성에 더 비중을 두자고. 무엇(목표)이 아니라 어떻게(방법과 과정)에 더 주목하자고.

말을 타고 달리는 인디언들은 중간에 자주 쉰다고 한다. 뒤처진 영혼이 따라붙기를 기다리는 것이다. 성장과 속도를 내세우면서 놓친 것은 무엇인지, 이제는 뒤돌아봐야 한다. 회복할 수 없을 만큼 망가지기 전에, 진정 바람직한 사회나 대학, 지자체나 시골 살림살이가 무엇인지, 되짚어 봐야 한다. 매실나무 베어 내며 가시에 찔린 상념들이 갈팡질팡, 아프게 서걱거린다.

홀로 함께 하는 길

이런 결심을 한 적이 있다. 혼자 땅을 벗 삼아 땀 흘릴 줄 아는 사람 무시하지 말자고. 이념이 다르고 인생관이 어긋나 함께 술까지는 나누지 못하더라도 나름의 진정성을 지니고 있으며 적어도 사기를 치지는 않을 것이기 때문이다.

혹 시와 음악을 즐길 줄 모른다 해도 좋다. 만에 하나 꽃과 나무를 아낄 줄 모르는 사람이라도 용납하자 했다. 남 보여 주기 위해서가 아니라 스스로 좋아 땅을 가꾸는 사람이라면. 아니 스스로 그런 사람이 되자고 마음을 다지고 있는 중이기도 하다.

거창하게 미구에 닥칠 식량위기에 대비하자는 것은 아니다. 안빈낙도(安貧樂道)의 처사(處士)를 꿈꾸는 것도 아니다. 그저 모든 것을 문명의 이기에 기대는 기생적 삶만은 조금이나마 극복해 보자, 그런 생각을 하고 있을 뿐이다.

어쩌면 혼자서도 오지게 잘 살고 있는 박남준 시인의 삶을 흉내 내고 싶었는지도 모른다. 이 사회가 빌려 준 교수, 위원장 등의 직분에서 벗어나 홀로 서야 할 때를 대비하고 있을 수도 있겠고.

그런 '사회적 장식'을 털어 낸 '존재의 제자리'를 확인할 수 있어야 홀로 설 수 있다. 그렇게 의연하게 홀로 설 수 있어야 진정 '우리'로 함께 할 수 있다.

"진리는 홀로 있을 때 우리와 더 가까이 있다. 홀로 있음 속에서 보이지 않는 절대 존재와 대화하는 일이 가장 중요한 예배다. 자주 자연 속에 들어가 혼자 지내 본 사람이라면 홀로 있음 속에서 나날이 커져 가는 기쁨이 있다는 것을 알 것이다. 그것은 삶의 본질과 맞닿는 즐거움이다."

"무소의 뿔처럼 혼자서 가라!" 권하신 법정 스님이 인용한 인디언 현자의 말이다. 우리는 "본질적으로 홀로일 수밖에 없는 존재"다. 그러나 혼자 살 수는 없다. 서로 의지할 수밖에 없다. 그래서 변증법적 태도가 요구된다. 동아리로 화합하면서도 부화뇌동하지 않는, 이른바 '화이부동(和而不同)'이 필요한 것이다.

이는 확실한 자기중심 없이는 불가능한 일이다. 스님이 강조하는 '철저한 자기관리'가 요구되는 대목이 바로 이 지점이다. 자기관리라 함은 세속적 판단에 휩쓸리지 않고, 스스로의 기준에 따라 엄정하게 자기를 평가하고 반성할 줄 아는 의연함. 중용의 계신공구(戒愼恐懼)도 이를 강조하기 위한 말일 것이다. (홀로 있을 때에도) 경계하고 삼가며 두려워하라!

오늘도 혼자서 낙엽을 쓸며 스스로 이런 다짐을 해 본다. 당당히 함께 하기 위하여!

고라니 사랑 노래

 저녁식사를 하고 산책을 가려는데 대나무숲 넘어 뒷산에서 묘한 소리가 들린다. 처음엔 올무에 걸린 짐승의 울부짖음 정도로 가볍게 여겼다. 그런데 소리가 계속될 뿐만 아니라 구체적인 음절을 느낄 수 있게 들린다.

미친 사람의 비명? 아니면 한 많은 세상 정리하겠다고 농약을 마셔 버린 사람의 단말마? "의웩, 의웩!" 참 기분 나쁘다. 을씨년스럽다. 어둠 속에서 들려오니 두렵기조차 하다.

몇 번을 망설이다 마침 떠나려고 짐을 챙기고 있던 아내에게 밖에 나가 들어 보라고 권한다. 이제까지 가능하면 시골에서 접할 수 있는 무섭거나 혐오스러운 것들은 감추어 왔었다. 목욕하고 닦으려 하는데 수건에 붙어 있다가 몸으로 떨어져 기어가던 지네, 누마루에 니은 자로 똬리를 틀고 앉아 있던 구렁이 이야기, 남들에게는 자랑 삼아(?) 해댔지만 아내에게만은 숨겼었다. 그렇지 않아도 꺼리는 시골생활 더 두려워할까 봐.

그런데 이번에는 그럴 수 없었다. 이내 아내도 듣게 될 것이고 또 내가 잘못 들은 게 아닌가 확인을 해야 했기 때문이다. 아내의 표정이 자못 심각했다.

둘이 몇 번을 들락날락 참고 견디다가 결국 지구대에 신고했다. 마침 순찰을 나간 경찰과 위치를 확인하기 위해 휴대전화로 잠시 옥신각신하는 동안 순찰차가 도착했다. 그런데 묘한 것은 내내 들리던 소리가 들리지 않았다. 이럴까 봐 한참을 참다가 전화를 한 것인데 장난전화처럼 되고 말았다. 전화를 주고받을 때까지만 해도 분명 들렸는데 순찰차 전조등을 확인하는 순간부터 들리지 않았다. 의사 선생님 앞에만 가면 아픈 곳이 이내 사라지고 마는 것처럼. 별수 없이 직접 흉내를 내보았다.

"의웩, 의웩!"

"고라니 흉내 잘 내시네!"

요즘이 번식기인데 그게 짝을 부르는 소리란다.

"그런데 여기가 고향 맞아요? 고라니를 모르다니."

왜 몰라! 그 노룬가 사슴과엔가 속하는 귀염둥이. 송곳니가 어색해 보이기도 하는, 멧돼지와 더불어 요즘 밭작물 해치는 말썽쟁이로도 유명하고, 갑자기 도로로 뛰어들어 교통사고를 유발하기도 하는 그 녀석. 그런데 이 괴상망측한 소리는 처음이다. 그렇게 귀엽게 생긴 것이 그런 끔찍한 소리를 내다니. 그것도 그렇게 처절하게!

아, 사랑의 무서운 힘이라니. 아들 또래쯤 되어 보이는 경찰한테 들은 핀잔 아닌 핀잔을 이렇게 무질러 본다. 이래저래 시골 살림 녹록지 않다!

안나푸르나를 찾는 사람들

왜 안나푸르나를 찾는 것일까? 그 멀고 험한 곳을 찾아 왜 사서 고생하는 것일까? 카트만두까지 비행기로 7시간, 다시 포카라까지 30여 분, 그곳에서 걷기(사실은 등산)가 시작되는 곳까지 버스로 90여 분, 그리고 적어도 3박4일 이상은 숨 헐떡이며 다리 뻣뻣해질 때까지 걸어야 하는 곳. 노고단만큼 올랐다가 덕유산만큼 내려가고 다시 모악산만큼씩 오르내리는 그 험한 일정을 왜 자원해서 감내하는 것일까?

그곳에서 이처럼 무모해 보이는 노역을 즐기는 우리나라 사람들이 지리산 자락을 걷고 있다는 착각을 불러일으킬 만큼 많다. 더구나 그들 대부분이 해발 4,000m가 넘는 ABC(안나푸르나 베이스캠프) 아니면 MBC(마차푸추레 베이스캠프)를 찾는 사람들이다. 전문 산악인도 아니면서.

오래전 수렵 시절의 걷기(혹은 뛰기) DNA를 되살리기 위해? 색다른 의식주를 맛보려고? 다람쥐 쳇바퀴 돌리는 일상의 진부함을 떨치기 위해? 지구의 지붕 히말라야, 우주와 통하는 그 정기를 마시려고? 아니면 한국인 특유의 '나 어디 갔다 왔네!' 폼 잡기 위해?

웃을 수밖에 없는 '왜 살지요?' 만큼이나 답하기 멍멍한 질문이다. 답 없이도 살아가듯 답 모르면서도 걷고 또 걷는다. 걸으면서 생각한다. 아니 생각을 놓친다. 버린다. 그냥 앞사람 발뒤꿈치만 바라보며 헐떡거릴 뿐이다.

그중에는 선배 권유에 떠밀려 멋모르고 따라나서 소화장애에 호흡곤란까지 겪으며 "이 무슨 미친 짓!" 투덜대다가 황혼의 설산 바라보며 마신 맥주 한 잔에 가슴이 확! 터지는 개안(開眼)의 기쁨을 느낀 사장님도 있다.

일중독으로 연차를 쓰지 않아 직장으로부터 지청구를 듣다가 남편 따라 엉겁결에 참여했다가 토사곽란으로 몸고생 마음고생, 결국은 조랑말 신세까지 지게 되었지만 일약 안나푸르나의 '잔 다르크'로 뭇 사람들의 시샘과 갈채를 받은 여인도 있다.

그리고 혼자 14박15일 걸었다는, 이제는 "설산 바라보는 것도 귀찮다!"는 앳된 여대생도 있고, 침낭 없이 뜨거운 물통 하나 품고 자며 4박5일로 ABC까지 다녀온, 호주 1년 연수 동안 6천만 원을 벌었다는 당찬 대구 대학생도 함께 걸었다.

그들 모두 걷는 이유는 모를지라도 그 의미는 알 것이다. 풍요의 여신 안나푸르나가 가만 놔두었을 리 없고, 영원한 평화와 사랑(Never Ending Peace And Love)을 뜻하는 네팔이 그냥 보냈을 리도 없을 것이니.

구경거리와 삶의 거리

차를 탈 때와 걸어 다닐 때의 마음가짐이 너무 다르다. 차 안에서는 경적소리에도 아랑곳하지 않는 행인들의 모습이 짜증스럽다. 걸을 때는 혼자만 바쁜 양 빵빵거리는 운전자들의 작태가 얄밉다. 교양 없는 '반문화인'으로 보이는 것은 마찬가지인데 그 기준이 전혀 다르다.

가을 거리의 노란 은행잎은 황량한 도회지의 삶을 푸근하게 감싸 주어 좋다. 그런데 이를 싫어하는 사람이 있다. 거리의 청소부들에게는 끈질기게 붙어 있다가 조금씩 떨어지는 나뭇잎이 성가신 골칫거리일 뿐이다. 그래서 낙엽만 쓸어내는 것이 아니라 아예 비를 들어 나무를 후려친다. 가로수를 상록수로 바꿀 수 없다면 아예 없애 버리는 것이 이들에게는 반가운 일일 것이다.

방학을 맞은 대학 교정이 참 한가롭다. 드문드문 눈에 띄는 학생들의 발걸음에도 모처럼 여유가 있어 보인다. 교정이 온통 하얀 눈으로 뒤덮여 있는 모습은 이런 분위기에 또 다른 정취를 더해 준다. 어려서는 지천으로 볼 수 있었는데 요즘 들어 '온실효과' 때문인지 자주 볼 수 없게 되어 더 반가운지도 모르겠다.

그런데 이 귀한 눈을 반겨하지 않는 사람들이 있다. 교정 관리의 책임을 지고 있는 수위 아저씨들. 관상목을 소담스레 덮고 있는 눈을 무지막지하게 털어 내곤 한다. 눈의 무게로 나무가 망가지기라도 하면 이로 인해 질책을 당하기 때문이다. 이들에게 눈은 귀찮은 짐일 뿐이다.

각박한 도회지의 삶에 찌든 사람들에게 농촌의 한가로운 모습은 여유를 주어 좋다. 딱딱한 시멘트나 아스팔트에 물린 이들에게 흙길은 정겹기 그지없다. 그러나 정작 그곳에 살고 있는 사람들은 비만 조금 와도 질척거리는 흙길이 싫다.

성냥갑 같은 빌딩들만을 바라보던 도회지 사람들에게 완만한 곡선의 초가지붕은 어머니의 품안처럼 포근하다. 그러나 짚을 구하기도 어렵고 매년 지붕을 이는 데 품을 팔 여유가 없는 농부들은 진즉 초가지붕 걷어내고 지붕개량(?)을 해 버렸다. 모처럼 그 포근한 분위기에 젖어 보려던 도시의 '구경꾼'들을 실망시킨 지 오래다.

무지막지하게 가로수를 후려치고 눈을 털어 내는 것을 반문화적이라 탓할 수 있는가? 시멘트로 골목길은 물론 집마당까지 덮어 버린 것을 몰취미라 욕할 수 있는가? 구경꾼의 시각과 일(삶)을 꾸려 나가는 사람의 입장이 얼마나 다른가?

그렇다면 과연 문화란 무엇인가? '구경거리'인가 아니면 '삶(살아가는 것)'과 연관된 무엇인가? 새삼 되뇌게 하는 아침이다.

뭐 먹으러 여행 가나?

 사람들은 왜 여행을 하는 것일까? 이른 아침 이상한 전화한 통 받고 갑자기 그런 생각을 해 본다. 일상의 무료함에서 벗어나기 위해? 낯선 경험을 통한 새로운 충전을 위해? 견문을 넓히기 위해? 아니면 맛있는 음식을 체험하기 위해? 그것도 아니면 그냥 쉬기 위해?

전주한옥마을이 관광지로 각광받으면서부터 문의전화가 끊이질 않는다. 그런데 대개 숙소와 음식점에 관한 것이다. 여행의 목적이나 취향에 따라 숙소나 방문 장소도 다르겠지만 음식이야말로 표준화하기 어려운 일이다. 섣부른 추천으로는 기대감만 높여 주기 십상이다. 문제는 기대가 크면 실망의 깊이도 그만큼 깊어진다는 것. 먹는 것에 목매는 사람이라면 그로 인해 여행 전체를 망칠 수도 있는 일이니 그 뒷감당은 또 어찌 한단 말인가.

전문가라고 잔뜩 추켜세워 놓고 겨우 숙소나 음식점을 묻는 것도 그렇다. 오늘 아침만 해도 그랬다. 평소 잘 소통도 하지 않는 고교 동창생이 자기 식구도 아니고 말 그대로 사돈의 팔촌 전주 나들이에 한정식집 하나 소개하고 싶다고 물어물어 전화를 걸어온 것이다.

얼굴도 이름도 가물가물한데.

그렇지 않아도 요즘 전주 음식에 대한 불만이 여기저기서 들린다. 동의하고 싶지 않지만 현실은 현실, 이런 마당에 음식점 추천이라니. 옛날 욕쟁이 할머니집에서는 음식 타박하면 그야말로 욕을 한 대접 푸짐하게 먹어야 한다. 음식점은 다 나름의 고유한 조리법과 맛을 갖고 있다. 그것을 좋아하면 찾아가고 짜거나 싱겁다 여기면 가지 않으면 된다. 어떤 이는 푸짐한 상을 좋아하고 어떤 이는 정갈한 음식을 선호한다. 매운 맛을 즐기는 사람도 있지만 매운 것 먹으면 화가 나는 사람도 있다.

전주 음식값 비싸다는 것도 그렇다. 왜 전주에만 오면 아직도 싸고 푸짐한 19세기 인심을 기대하는 걸까? 가파른 상업화가 염려스럽기는 하지만 다른 곳보다 비싼 것은 아니다. 역사와 전통을 지키느라 상당한 희생을 감내했으니 그 보상 차원에서라도 돈 조금 쓸 수 있을 텐데….

더 근원적인 문제는 여행의 목적에 보다 충실했으면 한다는 것이다. 적어도 전주한옥마을을 찾으려면 이곳이 어떤 역사를 지켜 왔으며 어떻게 전통문화를 가꿔 왔는가, 공부 좀 하고 찾아왔으면 좋겠다. 팥빙수나 초코파이 기다리느라 시간 허비하시지 말고. 예습까지 바라지는 않을 터, 질문을 하더라도 답변하면서 보람을 느낄 수 있는 것으로 좀 해 주길…. 간밤 비바람에 매화가 떨어져서 그런가, 괜한 짜증이 스멀거린다.

감히 전경인(全耕人)을 꿈꾸며

 다만 신동엽 시인을 좋아했을 뿐이다. 도시문명의 껍데기에 취해 '항아'의 흙가슴을 잊어버리는 삶은 경계하자 했던 것이다.

텃밭에 매실나무를 심은 것도 제초제와 농약으로 범벅된 차수성(次數性)적 '농사업'의 폐해를 조금이나마 피해 보자는 뜻이었다. 매실청 우려내게 된 것은 동의보감 때문이고, 매실주 담은 것은 술을 탐하는 오랜 습속의 자연스러운 발로.

고향집에 손을 대기 시작한 것은 연로하신 부모님 불편함을 덜어드리기 위한 것인데, 하다 보니 애정이 집착이 되고 그러다가 감히 전원생활을 운위하기까지에 이르렀다.

밭이건 집이건 소소하게 손볼 일이 하나둘이 아니다. 당연 손발이 바빠지고 머리 또한 '교수업가(敎授業家)'의 그것을 넘어설 수밖에 없는 일. 군자불기(君子不器)를 되뇌며 많은 새로운 공부를 해야 했다. 업으로서가 아니라 생활의 일부로!

업으로서의 공부 버릇이 힘을 보탠 것은 부인할 수 없는 일. 쉽게 포기하지 않는 고집 아니면 자존심이 여러 가지 불편함과 어려움을 이겨 나갈 수 있게 해 주었다. 순박한 시골 인심도 확인하기 어려웠고 맑은 공기도 축산 냄새에 묻혀 즐길 수 없었다. 다만 경천지 주변의 산책과 고성산 산행이 심신의 피로를 가끔 풀어 주었을 뿐이다.

나무에 애(집)착을 갖기 시작한 것은 친애하는 친구가 집 지을 때 쓰라고 목재를 선물하면서부터일 것이다. 그것을 활용해 서재를 멋들어지게 꾸며 주는 목수의 손길을 보며 직접 하면 더 좋겠다, 결을 세우게 된 것이다. 처음 놀이 탁자를 만들 때만 해도 우여곡절이 없지 않았다. 도면 없이 머리만 굴리다 보니 그 작은 것 하나 만드는 데 시행착오가 겹쳤다. 톱질, 망치질이 조금 익숙해졌다고 건방 떨다가 손가락을 다쳐 병원 신세를 지기도 했다. 그래도 마루 밑에 쌓여 있는 나무들 보면 무엇인가 만들어 보고 싶어 책읽기는 뒷전이요 음악감상도 우선순위에서 밀리기 일쑤다. 그렇게 하여 어쭙잖은 평상과 의자가 여러 개 탄생했다.

특히 최근 낡은 대문에서 해체한 나무로 아버님께서 만드신 대나무 평상을 리모델링하고 새로 지은 목조주택에 어울리는 의자 두 개를 뚝딱 만든 것은 가슴 뿌듯한 성취라 할 수 있다. 칠까지 마치고 매실주를 거푸 마신 것은 어쩌면 당연한 일. 물론 새롭게 구입한 전기톱과 전기대패 덕분이지만 말이다.

이렇게 정년퇴임 후의 생활방편이 마련되는 것인가? 새로 만든 나무의자에 앉아 남산 바라보며 생각을 되작거려 본다!

생의 마지막 말

"모르겠어!"

12세기 프랑스의 유명한 스콜라 철학자 아벨라르(Pierre Abelard, 1079~1142)의 마지막 말이다. 수년 동안 철학을 연구하고 가르쳐 온 그는 파리대학교 설립자로도 알려져 있다.

그의 독특한 가르침 방법은 소크라테스처럼 계속해서 의문을 제기하는 것이다. 이런 회의적 태도는 당시 기독교계의 반감을 샀고, 그의 생애 대부분 동안 그의 저술은 금기시되었다. 믿음을 중요하게 여기는 종교 입장에서 보면 논리를 앞세운 이런 유보적 문제 제기가 큰 걸림돌이 되었을 것이다. 이 마지막 말도 그의 이런 태도를 뭉뚱그려 보여 주고 있다고 할 수 있다.

그는 또한 엘로이즈(Heloise)와의 비극적인 연애 이야기로도 유명하다. 엘로이즈는 미모와 학식을 겸비한 당시 대표적인 지적 여성으로 그를 흠모하던 제자였다. 둘은 서로 사랑에 빠져 아들까지 낳게 된다. 그런데 아벨라르의 출세에 걸림돌이 될 것을 염려한 그녀가 자신이 공부하던 수녀원으로 돌아간 것이 오히려 비극의 싹이 된다.

그녀의 숙부는 아벨라르가 엘로이즈를 버린 것으로 여겨 복수를 결심하게 되고 급기야 사람들을 동원하여 그의 성기를 잘라 버린다. 그 후 그는 수도승이 되고 그녀 또한 수녀가 된다. 아벨라르가 쓴 「나의 불행한 이야기」가 계기가 되어 주고받기 시작한 라틴어 연애편지는 나중에 불어로 번역되어 많은 문학적 영감의 원천이 된다.

영국 시인 포프(Alexander Pope, 1688~1744)도 「엘로이자가 아벨라르에게(Eloisa to Abelard)」라는 격정적인 서간체 낭만연애시를 남기는데 이 또한 이 편지를 소재로 한 것이다. 균형과 절제를 미덕으로 여기던 신고전주의 시인이 격정의 사랑시를 남긴 것은 매우 예외적인 일이다. 그만큼 두 지성인의 뜨거운 비극적 사랑에 감동을 받았다는 의미일 것이다.

"모르겠어!"

공부하는 사람, 자기발전을 위해 애쓰는 사람이 끊임없이 되뇌어야 할 말이 아닌가 한다. 지적 오만이야말로 성장을 방해하는 가장 난감한 훼방꾼이다. 요즘과 같은 자기홍보시대에 어울리지 않는 화두로 여길 수도 있겠지만 겸손한 태도가 오히려 자기를 가장 효과적으로 알릴 수 있는 방안일 수 있다.

당대 최고의 지성이 마지막으로 남긴 말, 짧지만 많은 것을 생각하게 한다. 뜨거운 사랑과 그로 인한 고통까지 몸소 체험한 '중세 최대 연애사건'의 주인공이기에 더욱더 그렇다.

개판이다!

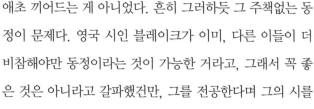

애초 끼어드는 게 아니었다. 흔히 그러하듯 그 주책없는 동정이 문제다. 영국 시인 블레이크가 이미, 다른 이들이 더 비참해야만 동정이라는 것이 가능한 거라고, 그래서 꼭 좋은 것은 아니라고 갈파했건만, 그를 전공한다며 그의 시를 자주 들먹이면서도 감히 개들을 불쌍히 여겨 개입을 한 것이 화근이 되고 말았다.

처음부터 개들을 좋아했던 것도 아니다. 딸아이가 갈 곳 없다며 슈나우저 한 마리를 데려왔을 때만 해도 잠시일 거라 여겼었다. 대소변을 아파트 이곳저곳에 흘리고 가구들을 물어뜯을 때에도 딸아이와 아내가 좋아하니 조금만 더 참아보자 했다.

그런데 그것이 세월이 되었다. 이제는 어머님을 보면 심하게 짖어대어 어머님 모실 때면 꽤 번잡한 격리작전을 펴야 할 지경에 이르고 말았다. 개판이다!

이 한 성질 하는 말썽쟁이에 비해 시골에서 만난 '여우'와 '바둑이'는 신사, 아니 숙녀들이었다. 이웃집 개들인데 집 지을 때부터 자주 놀러왔다. 점잖고 사람을 잘 따라 좀 귀여워했나 보다. 이제는 차

소리만 나도 어디에서 금방 나타나 꼬리를 흔들며 반긴다. 한 시간 가량의 산책길에도 기꺼이 동행을 해 준다.

그런데 얼마 전 '여우'가 새끼 다섯 마리를 낳았다. 3일 전에는 '바둑이'도 수로관 속에서 몸을 풀었다. (관 속이라 몇 마리인지는 확인할 수 없다.) 둘 다 출산으로 애 많이 썼다며 홀쭉해진 배가 안쓰러워 예의 '성격 견' 슈나우저(얘는 입맛도 까다롭다!)가 먹지 않아 버려 둔 사료를 나눠 준 것이 분란의 씨가 되고 말았다.

다른 접시를 챙겨 이들 사이의 싸움은 피할 수 있었는데 지켜보는 '여우'의 자식들이 딱하다고 이들에게도 나누어 준 것이 걷잡을 수 없는 소동으로 번졌다. 자기 것을 게 눈 감추듯 해치운 '바둑이'가 삽시간에 '여우'의 자식들을 덮친 것이다. 강아지들의 비명으로 얼룩진 아수라장은 몽둥이를 들고 한참 땀을 흘리고도 가라앉지 않았다.

그 사이 '여우'가 자식들 몫의 먹이를 다 먹어치우고 나서야 가까스로 소동이 종료되었다. 자식은 피를 흘리고 있는데 어미는 제 몫을 챙기는 데 여념이 없다. 개판이다. 조용한 시골집이 졸지에 큰 개 두 마리에 강아지 다섯 마리, 개판이 되었다. 차를 돌리기도 어렵다. 곧 '바둑이' 가족도 찾아올 것이니 더욱 가관이겠지?

그래도 이제부터는 개들 노는 판에 끼어들어 상황을 더 개판으로 만드는 일만은 어떻게든 피해야겠다. 개들에게도 그들 고유의 질서가 있는 것이니!

이바지 장학회

열에 두서넛만 대학에 다니던 70년대에는 장학금도 참 귀했다. 대부분 부모님이 어렵게 마련해 준 돈에 아르바이트로 번 것을 합해야 근근이 학비를 충당할 수 있었다. 누가 좀 도와주면 책도 사서 공부를 제대로 할 수 있었을 텐데…. 늦은 밤 과외 마치고 돌아오며 한숨 쉰 적이 한두 번이 아니었다.

그때의 간절함이 계기가 되었을 것이다. 어른이 되면 이처럼 절실한 젊은이들을 돕는 일을 하자고 결심하게 된 것이. 비슷한 뜻을 가진 사람들이 모였다. 대부분 도산 안창호 선생의 유지를 받들던 흥사단아카데미 출신이지만 관계없는 사람도 합류했다. 막 직장을 잡고 나서의 일이다. 대학원 마치고 입대한 사람이 제대를 코앞에 두고 합류하기도 했다. 하필 새해를 시작하는 날 장학생 탈락 소식을 접한 쓰라린 경험이 있는 사람이다.

처음에는 청소년들이 책을 마음대로 볼 수 있는 공간을 마련하겠다는 '터무니없는' 포부로 시작했다. 그것이 얼마나 힘든 일이며 그 예산 모으려면 몇십 년을 기다려야 한다는 것은 금방 깨닫게 되었다. 그래서 모금의 가시적 성과도 확인할 수 있는 장학사업으로 방향을 전환했다.

1985년 처음 선발한 장학생은 겨우 한 명, 군대를 마친 남학생을 뽑아 졸업할 때까지 네 번 장학금을 주었다. 그가 졸업하면 다른 한 명을 선발하고…. 이제는 매년 3명씩 뽑아 도합 6명에게 매학기 100만 원을 지원하는 규모로 성장했다.

월급쟁이들의 십시일반이라 기금은 초라할 수밖에 없다. 매년 모금하는 것으로 장학금과 운영비를 충당한다. 회비는 따로 정해져 있지 않다. 각자 형편에 따라 스스로 액수를 정한다.

특이한 것은 장학생 출신이 회원으로 가입할 수 있다는 것. 그래서 단순히 금전적 도움을 주는 것에 그치지 않고 그런 마음을 키워 나가는 것이라고 자부하기도 한다. 이런 뜻은 가족들과 함께 모임을 꾸려 나가는 데서도 확인할 수 있다. 자식들에게도 이런 뜻을 전해 주고 싶은 것이다. 현재는 장학생 출신이 회장을 비롯한 임원을 도맡아 이 모임을 이끌고 있다.

가장 큰 보람은 환갑 근방의 노인(?)들이 자식들보다 훨씬 어린 대학생들과 스스럼없이 술잔을 나눌 수 있다는 것. 작은 헌금으로 스스로의 젊음도 챙긴다. 미처 생각하지 못했던 행운의 소득이다.

안타까운 것은 많은 사람들이 무릅쓰지는 않고 부러워하고만 있다는 것이다. 부자가 아니니 '노블리스 오블리제'가 가당치 않지만 이를 통해 귀족이 될 수는 있을 터인데.

아름다운 동행

어언 40여 년 전 일이다. 이미 학창시절에 천부적 재능을 인정받아 은사인 신석정 시인의 제안으로 시화전을 함께 연 적이 있는 청년 화가가 잔뜩 풀죽은 표정으로 막걸리잔을 앞에 둔 채 한숨의 담배연기만 품어대고 있었다. 그 모습을 지켜보던 친구가 무슨 일이냐고 묻자 어렵게 운을 떼는데, 파리 한 화랑에서 초청을 받았는데 비행기표를 구할 수 없어 아깝게 포기를 해야 할 입장이라는 것이다.

화가를 꿈꾸는 사람이라면 누구나 가고 싶어 하는 예술의 도시에서 초청장을 보내왔는데 포기를 한다고? 친구가 경비 일체를 지원하겠다고 나섰다. 이를 계기로 이 둘의 아름다운 우정은 더욱 돈독해질 수밖에.

화가는 고마워 더욱 열심히 그림을 그리고 친구는 대견하다며 또 부지런히 도움을 주었다. 프랑스는 물론 일본 오사카나 도쿄, 미국 뉴욕이나 LA 등에서의 초청전시에도 후원은 물론 꼭 직접 찾아가 축하만찬까지 챙겨 주니 화가는 고마워 붓을 쉬지 못하고, 그 치열한 예술혼 덕에 세계적인 작가로 발돋움하게 되었다.

이 둘의 동행은 여기에 그치지 않았다. 때로는 화가가 후배 미술인들의 딱한 사정을 알리고 친구는 그 추천을 받아 기꺼운 마음으로 그들 전시를 후원해 주었다. 그렇게 하여 구입한 작품이 백 수십여 점, 이에 힘입어 기죽지 않고 작품활동을 해 오고 있는 미술인도 한둘이 아니다. 노블리스 오블리제!

1987년 이제 중년에 이른 화가가 후배 문화예술인들과 함께 지역의 문화예술정보지 『문화저널』을 창간하는데 지역의 열악한 환경을 고려하여 이 친구가 다시 이 잡지의 출판비를 후원하고 나섰다. 이에 감동한 편집동인들의 질긴 노력으로 이 잡지는 단 한 번의 결호도 없이 지금까지 계속 지역문화를 선도해 오고 있다. 이제 화가는 이 잡지의 발행인, 친구는 이를 총괄하는 사단법인 이사장으로 아름다운 동행을 이어오고 있다.

얼마 전 도립미술관에서 열린 초청전시회, 그동안 성심을 다한 작품활동으로 전시관 전체를 동원해도 전시공간은 턱없이 부족, 화가는 자신의 작업실과 살림집까지 전시공간으로 내놓았다. 작업실에서는 현재 진행 중인 작품도 볼 수 있었는데 전시되지 못한 수많은 작품들이 쌓여 있는 모습에 어안이 벙벙 입을 닫지 못하는데, "친구의 후원이 고마워 차마 게으름을 피울 수가 없었어!" 한다. "내 예술의 반절은 그 친구 거여!"

함께 찾아간 제자들에게 "나 이 두 분하고 많이 친해!" 어색하게 끼어드는데 마냥 뿌듯하기만 하다.

미숙한 영혼의 푸념

자신의 고향을 아름답다고 생각하는 사람은 아직은 미숙한 초
보자다. 모든 땅을 자신의 고향으로 생각하는 사람은 이미 강
인한 자다. 그러나 전 세계를 타향으로 볼 수 있는 사람은 완
벽한 자다. 미숙한 영혼의 소유자는 그 자신의 사랑을 세계 속
특정한 하나의 장소에 고정시킨다. 강한 자는 그 사랑을 모든 장소에
바치고자 한다. 완벽한 자는 그 자신의 장소를 없애 버린다…. 현명한
사람은 한 발짝 한 발짝 고향에 이별을 고하는 것을 배우지 않으면 안
된다.

12세기 프랑스 철학자 위그(Hugues de Saint Victor)의 말이다. '공부
(Didascalicon)'에 관한 충고로 끊임없는 정진과 부단한 노력을 강조하
기 위한 것이다. 이미 이룬 것에 만족하지 말고 중단 없이 새로운 영역
을 개척하며 탐구하라는 스콜라 철인다운 금언이다.

공부와 연구를 뒤로한 채 고향에서 매실이나 줍는 사람 뜨끔하게
하는 일침. 새벽 두 시간 땀범벅이 되어 매실을 따는데 고작 20킬로그
램, 시중가격으로 3만 몇천 원, 한 시간 특강을 해도 그 몇 배를 받을

수 있을 터. 누가 시켜서 한 일도 아닌데 후유, 맥이 풀린다.

작년 재작년 킬로그램당 3, 4천 원 할 때도 일품이 아까워 필요한 양만 땄었다. 올해는 열매가 탱글탱글 풍년이다 보니 값은 더 떨어져 버렸다. 애초 팔려고 벌인 일이 아니라 해도 손에 힘이 모아지지 않는다. 매실 좀 따 가라고, 아니 털어놨으니 주워 가라고, 페이스북에 사정을 해 봐도 거들떠보는 이 없다. 괜히 초라한 몰골만 드러내고 말았다. 교환가치만 소중하게 여기는 자본세상의 세태를 탓해 보지만, 절로 나오는 한숨 멈출 수가 없다.

농사를 전문으로 하는 친구에게 하소연 삼아 늘어놓자 저주와도 같은 푸념이 되돌아온다.

"7~8월에는 양파 썩는 냄새가 넘쳐날 것이다. 올해는 쌀에서도 양파 냄새가 진동할 것이다."

지난겨울 날이 따뜻해 양파 하나가 500그램 이상으로 크게 들어 어지간한 것은 수확을 포기했단다. 흉년이면 흉년이라 걱정, 풍년이면 풍년이라 걱정이라더니 농촌살림이 똑 그렇다.

"올해 담근 360킬로그램의 매실청, 140킬로그램의 매실주, 누구와도 나누지 않겠다!"

고향을 좋아하는 미숙한 영혼, 되지도 않는 오기 아니면 앙심을 품어 본다. 그래도 복숭아만큼 토실토실해진 매실이 아까워 장아찌라도 담아야겠다고 새벽부터 분주하다. 고향이 족쇄라더니, 거기 심은 매실까지 멍에가 되어 오그라든 심신을 옥죈다.

전주에서 축제하기

얼마 전 한옥마을에서 전주 축제의 발전 방향에 관한 전문가 토론회가 있었다. 원래 예정되어 있던 한옥마을 투어 일정까지 생략하며 함평나비축제와 보령머드축제의 성공사례에 귀 기울이는 등 진지한 고민이 꽤 길게 이어졌다.

하지만 토론이 길어지면서 답답함은 오히려 더해 갔다. 초청 전문가들의 진단과 처방은 나름 명쾌했지만 이 지역의 고유한 특성에 대한 치밀한 고려가 없어 큰 설득력을 얻지 못했다. 함평과 보령의 예도 '저돌적인 마케팅'을 제외하고는 거의 본받기가 어려운 '다른 나라 얘기'였다.

이 지역 참여자들의 토론도 '맥'이 풀려 있기는 마찬가지였다. 거의가 이 지역 특수 상황을 내세운 변명 수준을 맴돌고 있었다. (더욱 안타까운 일은 그나마 이 지역 축제 관계자들의 참여가 극히 저조했다는 것!)

왜 이런 일들이 반복되는 것일까? 답이 없어서? 문제를 잘못 제기했기 때문에? 말하자면 우문에 현답을 바라고 있는 꼴이어서? 그야말로 '어리석은 질문'이 꼬리를 물면서 갑갑증은 풀릴 기미를 보이지 않았다.

한국음악 공연 횟수가 서울보다도 더 많은 곳에서 판소리를 중심으로 한 축제가 과연 주민들의 '일상의 탈출' 욕구를 충족시켜 줄 수 있을까? 실제 공연을 직접 보러 가지 않더라도, 언제든 마음만 먹으면 안숙선이나 왕기석 같은 명창들을 만날 수 있다는 것을 알고 있는 주민들이 소리축제가 마련한 그 어떤 판소리 공연에 특별한 매력을 느낄 수 있을까?

매일 한옥마을 어딘가에서 한지 제작이나 한지공예 등의 체험을 할 수 있는 마당에 한지문화축제는 과연 어떤 프로그램으로 주민들의 참여를 이끌어 낼 수 있을까? 한 집 건너 비빔밥집인, 그래서 평소에는 외지 사람들이 손님으로 찾아왔을 때나 울며 겨자 먹기로 그곳을 찾을 정도인 전주 사람들에게 비빔밥축제는 또 무슨 매력으로 다가올 수 있을까?

외지 관광객을 위한 것이라고? 그러면 바로 '주민들의 참여 저조'라는 '딱지'를 받을 것이다. 판소리나 한지, 비빔밥이 아닌 다른 것에 중심을 두면? '정체성 상실!' 불호령이 떨어질 것이고.

이래저래 축제 관계자들로서는 난감할 뿐이다. 애초 이런 조건을 모르고 참여한 것은 아니겠지만, 정체성도 살리고 주민들 참여도 이끌어 내고, 거기에 관광객 유치와 경제적 효과까지 거두는 일은 분명 손오공의 여의봉으로도 버거운 일이다. 예산 생색으로 에헴거리는 정치권이나 흠집 찾기에 더 열심인 언론, 손 하나 거들지 않고 평가의 자 들이대기에만 골몰하고 있는 소위 전문가들의 등살에 축제

자체의 기획 추진에는 힘을 싣기조차 쉽지 않은 것이다.

그렇다고 공공예산을 쓰면서 평가를 피할 수는 없는 법. 길은 평가지표를 다양화, 현실화하는 것일 터인데 아무리 그래 봤자 창의성 말살하는 공교육 일제고사 꼴을 면하기는 애초에 불가능한 일이 아닌가? 독창성이 생명인 문화예술 관련 분야에서.

토론회 뒤풀이 술맛이 영 개운치 않다. 전주 같은 곳에서는 축제 수준의 행사들이 매일 벌어지고 있기 때문에 축제에 너무 큰 비중을 두지 않아도 될 것이다. 멀리서 온 전문가 선생님이 위로랍시고 말을 건네는데, 그것이 꼭 축제 자체를 포기하라는 말로 고깝게 들리는 것이렷다!

그리고 바로 다음날 아침. '몬트리올은 1년 내내 축제 중' 기사가 계시처럼 어느 일간지 문화면 하나를 온통 차지하고 있다. '철수 어머니 생일 축하 축제'가 있을 정도로 축제가 일상화된 곳. 어느 특정한 것에 매달리지 않고 종갓집 제사 치르듯 다양한 축제를 일삼아 즐기는 것, 거기에 전주의 길이 있지 않을까? 그러고 보니 파리나 뉴욕에 무슨 축제가 있었지?

존재의 제자리 찾기

세상은 예나 지금이나 마찬가지로 시끄럽다. '역지사지(易地思之)'의 태도는 구호로만 존재할 뿐 독선과 아집의 편협한 굴레는 여전히 굳건한 현재진행형이다. 사람들 입에 오르면 모든 것이 상스러워진다. 손만 닿아도 추해지고 발길만 스쳐도 지저분해진다.

정치권만의 얘기가 아니다. 각종 토론의 장에서도 막말이 횡행한다. 상대방의 입장은 간단하게 정리해 버리고 자신의 말만 앞세운다. 토론의 상대를 죽여야 살 수 있는 적 정도로 치부하고 있는 듯하다. 토론장이 마치 상대를 이해하지 않기로 결심한 사람들만이 모이는 곳 같다. 전문가들이라고 예외는 아니다. 그동안 잘 가꾸어 온 '도구적 이성'을 활용한 이들의 '상대 죽이기'는 오히려 훨씬 더 정교하고 집요하다. 하여 사람들이 미워지고, 그 사람들 사는 세상이 싫어지고. 그래 이따금 사람 없는 곳을 찾지 않으면 생존 자체가 불가능해질 것 같은 생각이 들기까지 한다.

우리가 홀로 바다나 산을 찾는 이유도 여기에 있을 것이다. 사람에 대한 그리움을 키우기 위하여. 쌓이는 증오와 환멸과 분노와 역겨움 때문에 점점 약해지는 본연의 생명력, 그 사랑의 마음을 회복하기 위하여. 태초의 모습을 간직하고 있는 대자연의 의연함, 그곳에서 확인할 수 있는 상생(相生)의 긴장관계를 통해 다시 돌아가 한데 어울려 살아갈 수 있는 힘을 비축하기 위하여.

돌아가기 위하여 우리는 떠난다. 함께 하기 위하여 우리는 감히 홀로 있기를 청한다. 연연하여 떠나지 못하면 돌아올 수 없다. 의연하게 혼자일 수 없는 사람은 진정으로 함께 할 수도 없다.

이는 확실한 자기중심 없이는 불가능한 일이다. '존재의 제자리'에 대한 올바른 인식 위에서나 가능한 삶의 길이다. 에리히 프롬이 강조하는 존재(Being) 중심의 삶을 통해서만 이를 수 있는 경지다. 많은 현대인들처럼 소유(Having) 지향의 삶에 흔들려서는 감히 범접할 수 없다.

자기중심이라 함은 모든 판단과 평가 기준을 자기 안에서 찾는다는 것. 바깥의 세속적 판단에 휩쓸리지 않고, 스스로의 기준에 따라 엄정하게 자기를 평가하고 반성할 줄 아는 의연함이 필요하다는 뜻이리라. 그래서 '군자는 자기에게서 구하고(君子求諸己)' '소인은 남에게서 구한다(小人求諸人)' 하지 않았던가! 홀로 자기 안에서! 의미도 그곳에서 구하고 잘못도 남 탓하지 않고 나에게서 찾고. 언제 그런 경지에 이를 수 있는 것인지?

음이 극에 달하여 양이 시작된다는 동지(冬至)를 보내며 스스로를 뒤돌아본다.

지울 수 없는 노래

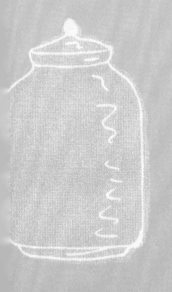

지울 수 없는 노래

5 · 18광주민주화운동 기념식을 앞두고 '임을 위한 행진곡'을 둘러싼 논란이 뜨거웠었다. 국가보훈처가 공식 기념곡을 만들기로 한 것이 발단이다. 당연 5 · 18의 흔적을 지우려는 시도라는 반발이 뒤따를 수밖에 없다.

어제오늘 일이 아니다. 2010년에는 난데없이 '방아타령'이 연주되기도 했다.

'임을 위한 행진곡'이 부담스러운 사람들이 분명 있다. 4 · 19도 부마항쟁도 6 · 10시민항쟁도 받아들이기 어려운 세력이 엄존한다. 친일에 친미, 군사독재의 음덕으로 살아온 사람들. 그들 중에는 이 노래가 '김일성을 위한 행진곡'이라고 매도하는 이까지 있다.

'임을 위한 행진곡'은 1982년 황석영이 다듬은 백기완 시에 김종률이 곡을 붙여 탄생한 '부끄러워서 만든' 추모의 노래다. 5 · 18항쟁에도 직접 참여하지 못하고 그때 산화한 윤상원과 들불야학의 박기순, 두 사람의 망월동 영혼결혼식에도 참여하지 못한 죄책감에 시달리던 사람들이 창작노래극을 통해서라도 두 영혼을 기리자 하여 만든 '넋풀이' 속죄의 노래다.

그 이후 이 노래는 노동, 농민, 여성운동 등 모든 민주주의운동 현장에서 불리는 국민 아리랑이 되었다. 살아가야 하는 살아남은 사람들에게 '지울 수 없는 노래'가 된 것이다. '눈물로 쓴 편지'만 지울 수 없는 게 아니다. 피눈물로 만든 노래 또한 지울 수 없는 것이다.

세월은 흘러가도 산천은 안다. 기억하지 못하면 부끄러운 역사가 되풀이된다. 기억하기에 노래만한 것도 없다. 라틴아메리카의 뉴에바 칸시온 노래운동에서 확인할 수 있듯 기타가 총이라면 노래는 바로 그 총알이다. 민주민중운동을 꺼리는 이들에게 이 총알 노래는 분명 두려움의 대상이다. 그래서 더욱 빼앗길 수 없다.

국가보훈처가 괜한 이념논쟁으로 분란을 일으키는 것은 국정지표인 국민대통합의 정신에도 어긋나는 일이다. 속죄의 노래라도 부를 수 있어야 대통합의 대열에 낄 수 있는 것 아닌가. 역사를 거스르려는 작란(作亂)의 장난, 제발 멈추기 바란다.

직녀에게

이별이 너무 길다
슬픔이 너무 길다
......
면도날 위라도 딛고
건너가 만나야 할 우리
선 채로 기다리기엔
세월이 너무 길다.

긴 기다림에 짧은 만남. 긴 한숨에 잠깐 동안의 웃음. 다시 끝 모를 이별, 한숨 그리고 이어질 숨죽인 한스런 울음. 턱없이 아쉽지만 이런 장면이라도 기대하고 있었다.

광복 55주년을 기해서야 겨우 시작한 남북이산가족 상봉. 그동안 별별 핑계를 대며 중단하고 취소하고 연기하고 별짓을 다하다가 어렵게 다시 마련된 자리, 진정 '면도날 위라도 딛고' 건너려는 간절함을 조마조마 지켜보고 있었다.

그런데 민족 최대 명절 추석 직전의 날벼락! 남북이산가족 상봉 취소! 도대체 왜 이런 말도 안 되는 일들이 이 땅에서는 아무렇지도 않게 반복되는 것일까. 이념이 무엇이고 체제가 무엇이기에 이렇게 애타는 가슴에 못질을 해대는 것일까.

북측의 '벼랑 끝 작전'이야 어제오늘 일이 아니었다. 문제는 거대한 국가 예산을 물 쓰듯 하면서 초법적 사찰도 마다하지 않는 우리 국정원이 이를 전혀 예측하지 못했다는 점이다. 이 중요한 행사를 앞두고 북측의 동향을 살피고 있지 않았단 말인가? 그들의 속성을 알면서도 손 놓고 있었단 말인가?

기다리고 있었던 것은 아닐까, 북측의 이런 '반인륜적' 변심을? 조짐이 없지 않았다. 살얼음 위를 걷는 마음으로 조신해야 할 판국에 국방장관을 비롯한 고위층 인사들은 북을 자극하는 발언을 멈추지 않았다. 이산가족들의 애타는 심정을 고려하지 않고 철 지난 이념 타령만 하고 있었다.

"군자는 자기에게서 구하고 소인은 남에게서 구한다" 했다. 소인배들이나 남의 탓 하며 빠져나갈 궁리를 한다. 제대로 된 외교라면 상대의 반응이나 전략까지 헤아려 대응책을 마련해야 한다. 이산가족 상봉이 '인륜적'이라면 더 서둘렀어야 했고, 기왕 합의를 했다면 더 성심을 쏟았어야 했다.

명절의 끝 김원중의 '직녀에게'나 흥얼거리는 우리 꼴이 참 처량하다.

부치지 않은 편지

풀잎은 쓰러져도 하늘을 보고
꽃 피기는 쉬워도 아름답긴 어려워라
시대의 새벽길 홀로 걷다가
사랑과 죽음의 자유를 만나
언 강바람 속으로 무덤도 없이
세찬 눈보라 속으로 노래도 없이
꽃잎처럼 흘러흘러 그대 잘 가라.

안도현 시인이 즐겨 부르는 김광석의 '부치지 않은 편지' 다. 정호
승의 시를 토대로 백창우가 곡을 붙였다. 영화「공동경비구역 JSA」
에도 삽입되었던, 노무현 전 대통령 추모영상 배경음악으로도 자주
사용되던 노래다.

작곡자 백창우에 의하면 이 곡은 김광석이 죽은 날 새벽에 녹음한
것이란다. 그래서 그런지 노랫말이 예사롭지 않다. 왜 편지를 부치
지 않았는지, 원래의 시에서도 그 까닭은 확인할 수 없다. 부칠 필요
가 없어서, 부칠 대상이 없어서, 혹은 부칠 수 없는 상황이어서이겠

지만, 모든 것을 독자 몫으로 남겨놓고 있다. 답답하지만 그래서 울림은 더 커진 것이 아닐까?

어떤 이는 이 시에서 '죽은 이를 향한 결연한 절망의 어조'를 강조한다. 반복되는 '…하지 않아도 좋다'는 구절을 예로 들면서. 도저히 받아들일 수 없는 죽음이 '그대'와 우리를 갈라놓은 이 음울한 세계에서 '어떤 고원(高遠)한 가치도 애정도 차라리 부정하고자 하는 절망적 결의'가 그 내용을 이루고 있다는 것이다.

그래서 안도현 시인이 즐겨 부른 것일까? 국정원이나 군 등이 대통령선거에 무시로 개입해도 그것을 항의하는 것이 오히려 위법으로 치부되는 황당함, 제대로 된 교육을 시켜 보겠다는 교사들의 모임을 엉뚱한 이유를 내세워 갑자기 불법단체로 몰아가는 참담함, 그 절망적 상황을 대변하기 위해서?

그러나 이 시에는 이런 구절이 있다. "푸른 강이 없어도 물은 흐르고 / 밤하늘은 없어도 별은 뜨나니!" "사람살이의 참혹함에 대한 절망은 그것을 규정하는 여러 조건들에 대한 준열한 반문을 통해 다시 커다란 희망의 결의로 부활할 수 있다."

유레카! 현실에 대한 냉정한 진단만이 진정한 희망의 노래로 이어질 수 있다. 오늘은 안도현 시인 재판일. 청와대에 있던 안중근 의사 유묵의 행방에 대한 시인다운 호기심이 선거법 위반으로 엮였다. 질문도 못하나? 그래, 노래나 할 걸 그랬다. 오늘 저녁 시인과 어깨동무하며 '부치지 않은 노래'나 불러야겠다!

다시 죽음이라 부를 수는 없다

1974년 1월을 죽음이라 부르자.

오후의 거리, 방송을 듣고 사라지던

네 눈 속의 빛을 죽음이라 부르자.

좁고 추운 네 가슴에 얼어붙은 피가 터져

따스하게 이제 막 흐르기 시작하던

그 시간

다시 쳐온 눈보라를 죽음이라 부르자.

1974년 1월 8일, 죽은 유신헌법으로 산 민주주의에 재갈을 물리려던 독재자는 해도 해도 안 되자 '긴급조치'라는 도깨비 방망이를 들고 나선다. 긴급조치란 헌법상 보장된 국민의 자유와 권리를 잠정적으로 정지할 수 있는 권한. 이제 시인으로는 죽었다 할 수 있는 한 시인이 참다못해 '민주주의의 죽음'이라 울부짖었다. 유신헌법과 이를 살리려던 숱한 긴급조치들은 1979년 10월 26일 그 독재자와 죽음을 함께 한다.

2004년 3월 12일을 죽음이라 부르자.

막 꽃피우려고 일어서던 꽃나무를 주저앉히는

저 어처구니없는 폭설을

폭설의 검은 쿠데타를

달리 뭐라 말하겠나, 죽음이라 부르자.

이건 아니다.

지붕이 무너졌다.

서까래가 내려앉았다.

도란도란 민주주의의 밥을 끓이던 부엌도 까뭉개졌다.

'황색돌풍'으로 당선된 대통령이 국회에서 탄핵되던 날, 현재 선거법 위반으로 재판 중인 또 다른 시인은 이렇게 절규했다. 해괴망측한 사유로 인한 '민주주의 죽음'에 제정신 가진 국민은 모두 분노했고 이후 선거에서 이를 주도한 세력은 궤멸한다. 그러나 그 후 폭풍은 수그러들지 않아 결국 그 '노란' 대통령의 죽음으로 이어지고 만다.

그리고 2012년 12월 19일! 감히 '죽음'이라 부르지는 못하겠다. 국가정보원 등 국가기관이 조직적으로 간여하여 치른 불법선거에서는 분명 '민주주의의 죽음' 냄새가 진동한다. 이를 덮기 위해 남북대화록을 악용하고 각종 학기(學妓, 자기 전공을 이용하여 권력이나 자본에 기생충처럼 빌붙어 연명하는 도구적 지식인)들을 동원, 조중동과

종편은 물론 공영방송까지 어지럽히는 작태에서도 그 '죽음'의 그림자를 확인할 수 있다. 하지만 그렇게 부르고 싶지는 않다.

시인이 아니어서만이 아니다. 죽음이라 부르면 죽음으로 이어지는 그 참담함이 저주 같아서 두렵다. 죽음이 원한과 증오로 계승되고 다시 이것이 또 다른 죽음을 부르는 그 악순환의 고리에서 이제는 벗어나고 싶기도 하다. 자유와 민주주의가 피를 요구하며 몇백 년에 걸친 서구 민주화 역사가 이를 엄증하고 있지만 이것만은 피해 가고 싶다. 그러나, 과연, 어떻게?

빈대잡기 소동

 요즘 소리문화전당 연주회에 가면 희한한 풍광이 눈길을 끈다. 하얀 남방셔츠 차림의 젊은이들이 공연 내내 이리저리 돌아다니며 관람을 방해한다. '빈대'를 잡기 위해서다.

스마트폰이 일상화되면서 빈대들이 부쩍 늘었다. 그래서 빈대잡이들도 재빠르게 움직이는 사내들로 바뀌었나 보다. 그 움직임은 공연 분위기가 고조되면 될수록 분주해진다. 감동의 장면을 사진이나 동영상으로 담고 싶어 여기저기서 휴대폰을 들이대기 때문이다. 공연이 끝나 갈 무렵이면 더욱 가관이다. 앙코르 연주 때는 말 그대로 동에 번쩍 서에 번쩍, 홍길동이 무색할 정도다.

덕분에 관객들은 정신이 없다. 무대에 집중하려 해도 할 수가 없다. 사방에서 하얀 남방셔츠의 사내들이 무슨 비상사태라도 벌어진 양 뛰어다니는데 어떻게 오롯할 수 있단 말인가.

무대의 연주자가 혹시 이 모습에 짜증이라도 내지 않을까, 아니면 관객 중에 성질 좀 급한 이가 일어나 소리라도 지르지 않을까 하는 조바심도 집중 감상을 방해한다. 공연이 우선인지 빈대잡기가 더 중요한 건지 도대체 모를 일이다. 꼭 빈대를 잡으려다 초가삼간 태우는 꼴이다.

사전에 약속하지 않고 사진이든 동영상이든 찍어대는 것은 물론 안 될 일이다. 공연 분위기도 해칠 수 있고 이웃 관객들에게도 분명 방해가 된다. 그러나 이처럼 뛰어다니는 소동에 비하겠는가.

초상권이나 저작권 운운할 수도 있겠지만 휴대폰으로 찍은 것으로 무엇을 어쩌겠는가! 오히려 SNS를 통해 연주자와 공연 자체를 널리 알리는 데 도움이 될 수도 있다. (최근 외국 영화들이 한국에서 첫 상영을 하려 하는 까닭을 눈여겨보라! 한국 열성팬들이 인터넷을 통해 전 세계로 홍보를 대신해 준다지 않던가.)

사진을 찍지 말라는 것은 사전 홍보로 족하다. 관람객을 범죄자 취급하며 통로에 서서 지켜보고 있는 것도 예의가 아니다. 더구나 공연을 방해하면서까지 단속을 해대는 것은 본말이 전도된 행태다. 관객들도 예를 갖추어야 한다. 늦어도 십여 분 전에는 자리에 앉아 감상할 준비를 해야 하며(늦게 와서 하얀 남방셔츠의 안내를 받으며 우왕좌왕 자리를 찾는 법석은 또 얼마나 공연 분위기를 망치는가.) 임의로 사진기를 들이대서도 안 된다.

그래도 이런 식의 단속은 아니다. 공연이 최우선이다. 저작권이고 초상권 문제도 그 뒤의 일이다. 값비싼 입장료를 감내하는 것은 최상의 공연을 즐기기 위해서다. 빈대잡기 소동 없는 성숙한 공연문화의 정착, 진정 시급한 일이다.

1300년의 사랑 이야기

둘하 노피곰 드다샤

어긔야 머리곰 비취오시라

어긔야 어강됴리

아으 다롱디리

즌 져재 녀러신고요

어긔야 즌 가를 드딕욜셰라

어긔야 어강됴리

어느이다 노코시라

어긔야 내 가논 가 점그롤셰라

어긔야 어강됴리

아으 다롱디리

현존하는 백제의 유일한 시가로 추정되는 「정읍사」. 행상 나간 남편의 밤길을 염려하는 아내의 애절한 마음을 노래한 작자 미상의 가요로 한글 기록으로 전하는 시가 중 가장 오래된 것이다.

이 절절한 마음을 기악에 실어 전하는 곡이 있다. 「수제천(壽齊天)」.

문자적 의미로는 사람의 목숨(수명)이 하늘처럼 영원하기를 기원한다는 뜻이다.

이 곡은 외국인들이 특히 주목하는 우리 음악의 대표작으로 아름다운 가락과 독특한 장단의 결합으로 이루어진 장중하면서도 화려한 곡이다. 무사귀가든 만수무강이든 그 간절한 염원을 신묘하게 그려 낸 우리 기악합주곡의 백미라는 데에는 이의를 제기할 수 없을 것이다.

이를 다시 풍류 피아니스트 임동창이 서양 현악악기 합주곡으로 되살렸다. 이미 피아노곡으로 만들어 본인이 직접 여러 차례 연주한 바 있지만 맛은 현악합주가 더 잘 어울려 보인다.

지난 주말 모악당에서 선보인 오케스트라 바람결의 「수제천」은 원곡 못지않은 감동으로 청중들 마음을 적셔 주었다. 일상에 묻혀 잊었던 아주 먼 사랑의 마음을 되살려 주었다. 차분하게 스스로를 뒤돌아보게 하는 매우 소중한 감흥을 불러일으켜 준 것이다.

이어진 피아노와 현악오케스트라의 「아주 먼 곳으로부터」, 「설레임」, 「반짝이는 슬픔」 등도 살림을 핑계로 내팽개치고 살아온 사랑, 그 살림의 정신을 되뇌게 해 주었다. 「효재의 꿈」을 감상하면서 많은 여성들은 "효재(한복디자이너 이효재, 임동창 부인)는 좋겠다!" 했겠지만 남성들은 주눅 들어 억지 반성도 했을 것이다. 그리고 마지막 「둘하」는 다시 「정읍사」 「수제천」의 기다림, 그 간절한 염원으로 돌아간다. 중간 일종의 피아노 카덴자 부분에서는 임동창이 자신의 끼를 유감없이 발휘하며 청중의 기대에 부응했다.

그렇게 '1300년의 사랑 이야기' 연주회가 마무리되었다. 천년 시간을 초월한 사랑노래가 동서양을 넘나들며 일상에 찌들어 오그라든 우리 사랑의 심금을 한껏 흔들어 주었다.

변함없는 게 어디 사랑뿐이랴! 음악도 그렇고 그것에 취하는 우리 마음도 그렇거늘! 문제는 그 마음을 괄호로 묶어 유보한 채 사랑도 음악도 모르쇠 하는 우리의 진부한 타성에 있으리니!

천하 맹인이 눈을 뜬다

 역시 눈뜨기는 쉬운 일이 아니다. 오랜 기다림의 조바심 없이는 불가능한 일이다. 눈을 뜨는 일 자체도 그렇지만 그 감동의 순간을 맛보기 위해서도 일정한 초조의 통과의례를 거쳐야 한다.

전주한옥마을 소리문화관에서 펼쳐진 마당창극 「천하 맹인이 눈을 뜬다」가 똑 그렇다. 하루 종일 말짱하던 하늘이 행사시간이 다가오면서 갑자기 어둑해지기 시작했다. 급기야는 아열대성 폭우가 꽤 길게, 관계자들 애간장 녹이기에 충분할 만큼 쏟아졌다.

모처럼 별러 예매를 한 사람들도, '내가 보면 한국 축구도 꼭 진다니까!' 해묵은 징크스를 떠올릴 만큼 지루하게, 하필 마른장마 끝의 비가 행사를 코앞에 두고 추적거렸다. 그리고 소리문화관 앞에서의 긴 줄서기. 입장을 하고도 잔치음식을 위한 더딘 기다림은 계속되고…. 그 기다림 속에서도 나누어 준 우의를 입어야 할까 말까 고민을 반복해야 할 만큼 날씨는 참 얄궂었다.

그러나 공연이 시작되면서 마음의 구름이 홀연 걷히기 시작했다. 진행자의 맛깔스런 재담과 신명난 풍물과 춤의 '여는 마당'은 하늘의 구름마저 멀리 걷어내 버렸다. 기실 무대에 빼앗겨 눈 줄 틈이 없었다.

이어지는 한옥 대청문을 배경으로 한 영상. 우리 한지문이 저렇게 멋들어지게 쓰일 수도 있구나! 감탄도 잠시, 연못가 정자에 나타난 심 황후의 탄식과 설렘에 우리는 또 넋을 내주고 말았다.

그리고 재담과 해학의 놀이판. 참 거시기한 속셈의 뺑덕어미와 황 봉사, 껄쩍지근함을 떨칠 수 없는 심 맹인의 넉살스런 연기에 정신 줄을 놓고 웃다가 "아니, 연기도 좋지만 천하 명창들이 저렇게 망가져도 되나?" 걱정이 앞서기도 했다.

아무래도 미심쩍어 확인을 해 보는데 틀림이 없다. 저 넉살좋은 황 봉사 역은 전주대사습 장원에 빛나는 이순단 명창이 맡았고, 개그맨 뺨치는 연기로 뺑덕어미의 존재감을 당당히 뽐내는 이 역시 대통령 상에 빛나는 김성예 명창. 역시 프로다. 맹인들이 눈을 뜨기도 전에 이미 그들 진정한 프로 명창들의 열정 세계에 눈을 뜨고 말았다.

그 다음 눈 뜨는 대목이야 무슨 객설을 더하랴. 왕기석 명창의 땀을 뻘뻘 흘리는 열창이나 박애리 명창의 카리스마 넘치는 연기도 한 두 번 본 것이 아니건만 또 숨을 죽이고 한숨을 쉬다가 눈물까지 찔끔거렸으니 맹인 눈 뜨는 데 부조는 제대로 한 것! 더불어 마당창극과 판소리 그리고 한옥마을의 매력에 다시금 눈을 뜨게 되었으니, 심 봉사 덕에 우리 모두 개평으로 눈을 뜬 것이렷다!

창조적 혼융

퓨전이 크게 유행을 하고 있다. 음악은 물론 의상과 음식에서도 이 '뒤섞음'이 큰 반향을 일으키고 있다. 함박스테이크와 같은 양식에 김치가 따르는 것은 흔한 일이 되었다. 한지로 만든 서양식 드레스가 패션계에서 각광을 받고 있다는 소식도 들려온다.

퓨전이란 말 그대로 이질적인 문화들이 하나로 섞여 용해된 것을 지칭하는 말이다. 어찌 보면 새로운 문화의 발달이 이런 과정을 통해 이루어진다고 할 수도 있다. 이질적인 문화의 유입이 전래 문화에 영향을 미치게 되고 그로 인한 일종의 변종결합체가 새로운 종류의 문화로 발전하거나 새로운 문화적 전통으로 자리를 잡기까지 하는 것이다.

음악도 마찬가지다. 탄생 배경이 다른 음악이 만나 새로운 음악적 질서로 용해될 때 우리는 그것을 퓨전이라 부른다. 예를 들면, 재즈는 아프리카 음악과 유럽 음악의 혼용이다. 젊은이들이 좋아하는 퓨전 재즈는 이러한 재즈와 록음악이 다시 뒤섞인 것이다. 서구 음악의 유입을 통해 독특한 장르로 발전해 간 한국가곡도 따지고 보면 이런 '퓨전 현상'의 꽤 괜찮은 결과물이라 할 것이다.

문제는 그 섞음이 얼치기 뒤범벅이 되기 쉽다는 점이다. 문화적 코드가 다른 것들이 만나 처음부터 훌륭한 앙상블을 이루리라 기대하는 것 자체가 무리일 수 있다. 한국음악의 대중화, 세계화를 내세우며 시도한 많은 뒤섞음이 그 다양함만큼의 예술적 성취를 이루지 못한 것도 이 때문이라 할 수 있다.

세계화를 내세우며 보편적 정서에 호소한답시고 서양의 음계와 기법에 기대다가는 우리 전통음악이 지니는 고도의 예술적 특성을 저버릴 수 있다. 그 독특함을 버리고 세계화를 넘볼 수는 없는 일이다. 세계화는 나를 버리는 일이 아니라 나를 제대로 세우는 일이다.

퓨전이 한국음악의 영역을 넓혀 주고 있는 것은 사실이다. 그러나 널리 알려진 곡이라 하여 우리 악기의 특성에 맞는 편곡 과정을 거치지 않고 우리 악기로 연주하는 식으로는 결코 우리 음악을 살찌울 수 없다. 오히려 원곡의 감동까지 훼손하여 괜히 우리 악기에 무슨 결함이 있는 것처럼 느끼게 할 수도 있다.

음악의 영역에서도 독창성은 가장 중요한 무기다. 얼치기 퓨전으로 우리 음악의 특성도 살리지 못하고 우리 악기의 독특한 매력을 오히려 얼버무리는 일이 한국음악의 대중화 혹은 세계화의 이름으로 되풀이되어서는 안 된다. 창조적 혼용을 주문하고 싶은 것이다.

창조의 오늘, 전통의 미래

 전통은 창조다! 사라져 가는 것에 대한 아쉬움이나 그리움만으로는 부족하다. 창조적 계승이 전제되지 않으면 전통은 곧 고루해진다. 어려웠던 옛날 일만 되뇌며 잔소리해대는 어르신들의 훈계처럼 따분해질 수 있다. 술 취하면 사내들이 반복하는 비 오는 날 군대 축구 얘기처럼.

옛날과 정서가 달라져서만이 아니다. 같을 수도 없겠지만 같다 하더라도 동어반복으로는 감동을 이끌어 낼 수 없다. 모방은 분명 창조의 바탕이 되지만 모방에 그쳐서는 문화도 예술도 살아남지 못한다.

아무리 멋진 비유라도 반복하면 상투적 문구(cliche)가 되고 그것이 바로 시의 '죽음에 이르는 길' 이다. 그래서 문화예술에서는 '무엇을 의미하느냐' 보다 '어떻게 의미하느냐' 가 더 중요하다.

물론 독창성만으로 감동을 연출할 수는 없다. 제대로 된 재해석이 보태져야만 전통으로 이어질 수 있다. 법고창신(法古創新)의 진정성이 있어야만 과거를 끌어 미래와 연결시킬 수 있는 것이다.

20년 넘게 이 어려운 작업을 해 온 무대가 있다. '전라도의 춤 전라도의 가락!' 전통문화가 서자 취급도 못 받던 시절, 숨어 있는 장인들을 무대에 올려 막혀 가는 귀를 열고 쇠락해지는 감수성을 되살려 준 은근과 끈기의 무대. 이번 스물두 번째 무대에서도 그 열정은 고스란히 확인되었다. 비교적 전통에 충실했던 전반부와 현대적 해석에 비중을 둔 후반부가 적절하게 조화를 이루며 우리 심금을 울린 것이다.

처음 위은영의 거문고산조와 박지윤의 판소리는 이 분야 연주의 전형을 보여 주었다. 그런데 청중의 호응(추임새)은 손에 땀을 쥐게 할 정도로 더디고 미온적이었다. 전주 특유의 텃세? 염려를 했는데 동남풍의 삼도풍물가락 연주에서는 언제 그랬냐는 듯 신명의 박수로 '혼을 담은 두드림'에 화답했다. 인색해서가 아니라 신중해서 그런 것임을 이내 확인할 수 있었다.

이어진 퓨전 무대는 특히 새로운 한국음악 젊은 팬들을 열광케 했다. 백은선과 안태상의 연주는 우리 음악의 무한한 가능성을 확인케 한 기회였다. 같은 탄현악기로도 이런 화음을 만들어 낼 수 있구나! 감탄과 더불어 편곡과 작곡을 맡은 안태상의 가야금 악기에 대한 웅숭 깊은 이해와 해석에 절로 탄성이 나올 정도였다. 소리꾼 이용선의 장기가 묻혀 버린 마지막 무대가 좀 아쉽기는 했지만….

그렇게 온고지신(溫故知新)의 무대는 마무리되었다. 전통문화의 든든한 버팀목, 그 진정성과 열정이 오래 지속되기를 바랄 뿐이다.

드럼에 묻힌 아리랑

 올해 소리축제가 '아리랑'으로 서막을 장식했다. '한국을 넘어 세계적인 소리로서의 아리랑을 다양한 변주와 목소리를 통해 대규모 콘서트' 형태로 선을 보였다.

아리랑이 유네스코 세계무형문화유산으로 등재된 것을 기념하기 위해 특별 기획되었단다. 총연출을 맡은 프로그래머가 오랜 고심 끝에 내놓는 작품이라 기대가 컸다. 당일 관객들의 반응도 꽤 뜨거웠다.

그런데 기분이 영 찜찜했다. '아리 아리랑 소리 소리랑'을 내세웠는데 정작 아리랑을 느낄 수 없었다. 아리랑이 후렴구로는 들렸지만 그 고유의 한과 신명은 전해지지 않았다. 소리도 고함만 들렸을 뿐 우리 소리가 주는 아기자기한 흥과 맛은 귀를 씻고 들어도 느낄 수가 없었다. 처음부터 끝까지 객석 의자까지 뒤흔드는 드럼의 강한 북울림만이 엉덩이를 통해 전해졌을 뿐이다.

세계적인 여성 보컬리스트들을 모았다며 사회자는 흥분을 했다. 하지만 정작 뛰어난 가창력만 선보였을 뿐 이 무대의 기획에는 거의 기여하지 못했다. 좀 더 삐딱하게 들으면 우리의 목소리 음악이 다른 나라의 것들에 비해 얼마나 열등한가를 보여 주기 위한 무대라고 야유할 수도 있을 정도다. 그래서일까, 정가 명인까지 막 소리를 질러대는 것이었다!

기왕 목소리 음악을 모으려 했으면 우리 판소리나 아리랑과 견줄 수 있는, 민족음악적 요소가 어느 정도는 남아 있는 음악 연주자들을 초청했어야 했다. 뮤지컬이나 팝 가수가 아니라. 노래도 아리랑의 주제나 분위기와 비교할 수 있는 것들로 했어야 했다.

우리에게는 다양한 아리랑이 있다. 그러나 상주아리랑만 그나마 그 원형을 이해할 수 있게, 하지만 매우 초라한 형태로 제시되었을 뿐 다른 것들은 무엇인지도 모르게 편곡(왜곡 혹은 해체?)되어, 그것마저 북소리에 묻혀 제대로 전해지지 못했다.

무대연출의 소박함(무대 변환이 거의 없고 출연자들이 전원 함께 올라가 물 마시며 자기 차례를 기다렸다. 가끔씩 박수를 치며!)이나 사회자의 감탄사와 미사여구에 사로잡힌 요령부득을 탓할 여유가 없다. 프로그래머나 집행위원장이 한 작품에 직접 참여하거나 자신의 이름을 내건 프로그램을 진행하는 것을 비판하기도 이제는 번거롭다. 이 지역 연주단들의 소외 문제도 그렇고. 감동을 줄 수 있다면, 그 철학과 정체성을 통해 우리 소리의 멋과 맛을 되새길 수 있다면, 그 진정성이라도 확인할 수 있다면 용납할 수 있다.

그러나 계속 이런 식이라면 소리축제 존폐문제까지 다시 고민해야 하지 않을까.

살아남는 것이 백성들의 천명

돌하 노피곰 도드샤 어긔야 머리곰 비취오시라
어긔야 어강됴리 아으 다롱디리.

홍진에 뭇친 분네 이내 생애 엇더흔고
녯사룸 풍류를 미출가 못 미출가.

때를 만나서는 천지도 내 뜻과 같더니
운이 다하니 영웅도 스스로 어쩔 수 없구나.

「수제천」의 원류인 백제가요 「정읍사」, 가사문학의 효시인 「상춘곡」 그리고 전봉준 장군의 「절명시(絕命詩)」, 정읍행 혹은 정읍발 '환생(幻生)' 호는 이 셋을 근간으로 하여 만들어졌다.

정읍사국악단 창단 20주년 기념으로 기획된 이 공연은 기다림과 만남, 사랑과 이별 그리고 내일을 위한 다짐까지를 이 지역의 자랑스러운 역사와 문화예술에 실어 신명의 노래와 춤으로 빚어 낸 창무극이다.

이런 내용 자체로나 국악단의 경력만으로도 주목을 받을 만하지만 특히 그 중심에 왕기석 명창이 있어 더 관심을 끌기도 한 작품이다.

아니나 다를까, 공연장은 한 시간 전부터 북새통을 이루었다. 여기저기 전주 등지에서 찾아온 문화예술인들도 꽤 눈에 띄었다. 공연 중간 중간에 확인할 수 있는 호응도 뜨거웠다. 무대 위의 한 여인이 남편의 시신을 부둥켜안고 울부짖는데 "잘한다!" 추임새가 거침이 없었다.

600석이 넘는 좌석 모두 채우고도 모자라 수십 명이 서서 관람을 하면서 줄거리 따라잡기가 쉽지 않은 한과 신명의 뒤범벅에 잘도 호흡을 맞추었다. 전주에 귀명창이 많다더니 이곳 정읍과 견줘 보아야 할 것만 같았다.

사실 무대는 좀 그랬다. 그 규모의 좌석을 갖춘 공연장 치고 너무 좁았다. 양쪽에 높다란 단을 만들어 연주자 일부를 앉게 한 것까지는 귀여운 연출로 치부할 수도 있겠으나, 공연 내내 무대 한복판에 등 돌린 지휘자를 세워 둘 수밖에 없었던 연출의 안타까움이 전해져 조마조마하기까지 했다.

'만석보가 있는데 새 보를 더 쌓아' 등 역사적 오류도 보이고 탑승도 안 했는데 열차가 출발하는 등 소소한 실수도 있었지만 출연자 모두의 열정과 진정성을 엿볼 수 있는 귀한 공연이었다. 특히 좋았던 것은 지역의 역사와 문화예술에 대한 지역민들의 깊은 자긍심과 뜨거운 갈채까지 함께 확인할 수 있었던 것이다.

삶과 예술이 한데 어우러진, 일과 놀이가 함께 하는 건강한 야생의
문화판에 흠뻑 젖었다 나온 듯한 느낌이 신선하기만 했다.

　　살아남는 것이 백성들의 천명(天命)!
　　들불처럼 들꽃처럼 살아남으리라!
　　살아남아 역사의 결이 되리라!

이 아우성이 마치 오늘날 우리의 다짐과 같아 전주로 오는 내내
귀에 쟁쟁거렸다.

슬픔은 힘이 되고

 때로 슬픔은 힘이 되기도 한다. 지난봄과 여름, 우리는 감당할 수 없는 아픔을 슬픔으로 안아야 했다. 그 덕에 자본과 야합한 정치권력의 비인간적 횡포를 견딜 수 있는 힘이 생겼다.

신자유주의를 앞세운 천민자본주의의 민낯, 그것에 영합한 식기(識妓, 지식을 파는 기생. 혹은 識寄, 기생하는 지식인)들의 뻔뻔스러운 백마비마(白馬非馬)의 억지 논리를 참아 낼 수 있는 근기도 길렀다. 인간이기를 포기한 듯한 '일베'와 '어버이' 무리들의 폭거에도 절망하지 않는 저력까지 공유하게 되었다. 그 지극한 슬픔 덕분에.

그 슬픔이 진양장단이나 계면조로 풀어지기도 하고 춤이나 풍물의 신명으로 승화되기도 한다. 북이나 장구의 장단이 독려의 응원가가 되어 주고 아쟁이나 해금의 흐느낌이 격려의 박수가 되기도 한다. 그렇게 한으로 맺힌 것들을 신명으로 풀어내며 이 풍진 세상의 '희망가'로 이어진다. 이것이 바로 전통음악의 뿌리이자 힘이리라!

서울 국립국악원 우면당에서는 이렇듯 '희망을 되살리는' 마력을 지닌 우리 전통음악 한마당이 '전라도의 춤 전라도의 가락, 스물셋'

의 이름으로 펼쳐졌다. 김무길, 김광숙, 이태백, 안숙선, 김일륜, 동남풍 등 이 시대 최고의 명인들이 모여 한풀이 신명의 씻김굿을 고향을 잃은 서울 사람들에게 선사했다. 출연자 모두 이 지역의 자랑이자 우리나라를 대표하는 장인들이다.

진정한 고수는 특별한 연출의 도움을 필요로 하지 않는다. 진정성만 갖추면 그 숨길 수 없는 내공이 무감각한 영혼들마저 뒤흔들어 버린다. 세월호에, 정부의 무능과 국가의 뻔뻔함에 굳어져 버린 마음들이 거문고, 아쟁, 가야금 산조에 꿈틀거리더니 독감으로 청을 낮춘 안숙선 명창의 「춘향가」 한 대목에 탄성과 환호로 피어났다. 신명의 끝을 보여 주겠다는 동남풍의 숨을 멎게 하는 가락은 결국 모든 이들의 마음을 일으켜 세우고 말았다.

이 감동의 탄식은 전주다움이 듬뿍 담긴 뒤풀이로 이어졌다. 칭찬과 감사의 인사말이 막걸리 향기와 어우러지면서 서울의 밤은 저물고, 피곤 가득한 뿌듯함 가라앉히며 다음을 기약해야 했다. 서울시장과 교육감까지 참여하여 이 지역과의 소통과 교류를 다짐하기도 했으니 슬픔은 기어이 힘이 되고 만 셈이다.

그렇게 변방이 중앙을 감동시켰다. 가장자리의 천덕꾸러기 전통이 오늘의 감동을 통해 미래로 우뚝 서고 슬픔의 아픔이 그에 힘입어 감격의 신명으로 승화되는 놀라운 연금술, 이를 마련한 모든 이들에게 박수를 보낸다.

환희의 송가

오 벗이여, 이와 같은 음은 아니다!

더욱 기쁘고 즐거운 노래를 부르지 않으려는가?

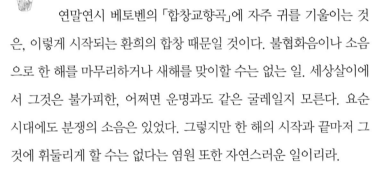

연말연시 베토벤의 「합창교향곡」에 자주 귀를 기울이는 것은, 이렇게 시작되는 환희의 합창 때문일 것이다. 불협화음이나 소음으로 한 해를 마무리하거나 새해를 맞이할 수는 없는 일. 세상살이에서 그것은 불가피한, 어쩌면 운명과도 같은 굴레일지 모른다. 요순 시대에도 분쟁의 소음은 있었다. 그렇지만 한 해의 시작과 끝마저 그것에 휘둘리게 할 수는 없다는 염원 또한 자연스러운 일이리라.

서양음악의 역사는 이 곡 이전과 이후로 구분된다. 바흐로부터 시작되는 고전주의 전통과 19세기 낭만적 정서가 크게 뒤엉킨 베토벤 음악의 결정판. 특히 주목을 끄는 것은 4악장의 대서사적 풍모. 이 악장은 관현악의 격렬하게 시끄러운 소음과 같은 연주로 시작된다. 이런 것은 어떠냐고 물어오는 것이다. 물론 첼로와 베이스가 레치타티보 풍으로 이 불협화음을 거절한다. 그런 것으로는 안 되겠다는 답이다. 이런 식의 문답이 몇 차례 반복된 뒤 앞 악장들이 부분적으로 회고되기도 하는데, 이것 또한 레치타티보의 선율로 차단된다. 그것들로도 부족하다는 것이다.

프랑스 혁명 이후 새로운 사회를 위한 다양한 논쟁들이 소개되는 듯하다. 자유가 더 중요한가 아니면 평등을 더 앞세울 것인가? 자유방임주의는 불평등을 오히려 강화시키고 강제적 평등 추구는 곧 전체주의 덫에 걸리기 십상이다.

형제애(Brotherhood)는 이러한 모순을 극복하기 위해 제시된 대의명분일 터, 이 환희의 합창은 바로 이것을 주제로 하고 있다. 동체대비(同體大悲), 모든 중생은 형제요 한몸이라는, 그 큰 사랑의 마음을.

환희여, 낙원의 처녀여
그대의 기적은 세상의 관습이
엄하게 갈라놓은 것들을 다시 결합시켜 주네
그대의 날개가 상냥하게 멈추는 곳에서
사람들은 모두 형제가 되리
수백만의 사람들이여 껴안아라!

분쟁과 격절의 한 해. 내년이라고 벗어날 수 있을까마는 그래도 좀 쉬었다 했으면 좋겠다. 잠시 스스로를 추스르고 뒤돌아보며 싸워도 방향은 잡아가면서 하자는 것이다.

이를 위해서라도 「환희의 송가」 한번 들어보자. 번스타인이 춤추는 듯 지휘하는 빈필하모니 연주가 꼭 아니라도 좋다. 카라얀이 이끌던 베를린필의 좀 무거운 해석도 좋고 아바도의 비교적 최근 연주 실황도 좋고. 그러나 반드시 대형화면으로! 볼륨도 충분히 높인 채로!

항아의 노래

인간의 사랑을 믿지 못한 것은 아니었어요.

그 사랑 가득 차면 행여 남에게 넘칠까

다만 두려운 마음 이기지 못하였습니다.

돌아가고 싶어요.

'인간의 봄날은 짧았습니다'로 시작되는 월궁미인 항아(姮娥, 혹은 嫦娥)의 눈물 어린 탄식 한 부분이다.

그녀에 관한 전설은 중국 중추절(仲秋節)의 기원과 맞닿아 있다. 그녀의 남편은 백발백중의 신궁(神弓). 하늘에 열 개의 태양이 나타나 재앙이 심각해지자 그는 그중 아홉을 활로 쏘아 떨어뜨린다. 그 공로로 서왕모(西王母)로부터 불로초(不老草)를 얻는다. 이 약을 먹으면 하늘로 올라가 신선이 될 수 있다.

하지만 아름다운 부인을 차마 버릴 수 없어 먹지 못하고 그녀에게 맡긴다. 그러던 어느 날 그녀는 한 불한당에게 이 귀한 약을 강탈당할 위기에 처하게 된다. 급한 마음에 그녀는 한 입에 이 약을 털어넣고 마는데….

그러자 몸이 둥둥 하늘을 향해 떠오르기 시작한다. 남편이 마음에 걸린 항아는 인간세상과 가장 가까운 달에 가까스로 올라 선녀가 된다.

집에 돌아온 남편은 부인이 사라진 것을 알고 그녀의 이름을 부르며 밤길을 찾아 나선다. 그날따라 달이 유난히 밝았다. 그 달 안에 언뜻 항아의 그림자가 보이는 듯도 했다. 그리운 마음에 향을 피우고 그녀가 즐겨 먹던 음식을 그득 장만하여 제사를 지냈다. 그렇게 하여 중추절 제사가 시작되었다는 것이다.

해맑은 달을 대하며 어두운 생각을 하기란 쉬운 일이 아니다. 교교(皎皎)한 달을 바라보며 칙칙한 음모를 꾸미는 일도 어렵기는 마찬가지다.

달을 자주 대하다 보면 "차고 이우는 달을 닮아 / 채움과 비움이 자유자재한 영혼으로 / 사는"(고진하 시) 그런 아름다운 삶을 꿈꾸게 된다. 그 교교함을 거울삼아 자신들 삶을 잠시나마 뒤돌아보게 될 것이다. 아니, 그랬으면 좋겠다. 중추가절의 참 의미가 여기에 있는 게 아닐까.

이른 새벽 홀로 앉아 향을 사르고
창문으로 스며드는 달빛을 볼 줄 아는 이라면
굳이 경전을 펼치지 않아도 좋다.

해안(海眼) 스님이 권하는 '멋을 아는 사람'의 아름다운 삶의 모습이다. 멋을 아는 아름다운 삶에 달 바라보기는 필수항목이다.

달빛이 특히 좋은 계절, 밝고 커다란 한가위 보름달 바라보며 스스로를 돌아보고 어려운 이웃도 살필 줄 아는, 풍요로운 사랑의 마음 되살릴 수 있었으면 좋겠다. 대금 명인 원장현의 「항아의 노래」 연주가 멋들어진 동반자가 되어 줄 것이다.

시골 작은 음악회

5월 23일, 완주 비봉의 난곡마을에 정말 작은 음악회가 마련되었다. 세월호 때문에 숨도 제대로 쉬지 못하는 요즘, 아무리 특별한 날이라도 차마 어떤 행사를 기획할 수 없다. 그것과 관련된 것이 아니라면.

노무현 대통령 서거일이라고 예외일 수 없다. 자칫 고인을 욕 뵐 수도 있는 참으로 엄혹한 시절. 그러나 그 둘을 겸할 수 있다면? 국가권력에 의해 희생당한 상황이 흡사하니 잘만 엮으면 의미있는 행사가 되지 않을까?

음악회는 그런 취지로 마련되었다. 억울한 죽음 잊지 않겠다, '살아남은 자의 슬픔'에 젖어 있지만 않고 잘못을 바로잡기 위해 나서겠다, 노력하겠다는 다짐을 겸한 추모의 장으로 꾸려진 것이다. '지리산 흙피리 소년(청년)' 한태주 군 부자의 오카리나와 기타 연주, 도립 위은영 수석의 거문고 산조, 청아한 대금 반주를 곁들인 박영순 명창의 판소리 「춘향가」 한 대목도 그런 취지로 마련된 것이다.

오래 참지 못하는 어린이들의 방해로 처음에는 어수선했지만 마을 어른들과 멀리에서 찾아온 손님들의 뜨거운 호응으로 봄밤의 신명은 깊어만 갔다. 잠시 주인장이 마련한 풍성한 음식(너무 다양하여 오히려 흠이 될 수도 있는)으로 허기를 달래고 바로 2부 순서로 넘어갔는데 음식과 함께 나눈 술로 인해 분위기는 훨씬 무르익어 갔다.

처음 문을 연 도립 박상후의 대금 산조는 다시 숙연한 분위기를 되살려 주었으며, 세월호 희생자들을 위로하기 위해 선곡했다는 소리꾼 이용선의 국악가요 「쑥대머리」와 「하얀 나비」(김정호 곡 노래)의 가사는 숨죽여 가슴을 쓸어내리게 했다. 이어지는 소프라노 고은영의 「청산에 살리라」는 노무현 대통령 퇴임행사에서 전북도립국악관현악단 반주로 고은영 씨가 불렀던 노래다. 앙코르 곡 「넬라판타지」를 끝으로 시골 작은 음악회는 마무리되었다.

애이불비(哀而不悲), 슬퍼하되 비탄에 잠기지는 않는, 딱 그런 정도의 추모 음악회! 그러나 그게 끝이 아니었다. 뒤풀이가 남아 있었던 것이다. 재능나눔으로 참여한 연주자들이 손수 음식상까지 치우고 다시 방안에 차린 조촐한 술자리. 명분은 연주자들을 위한다는 것이었지만 실제로는 다시 그들의 재능기부를 강요하는. 그곳에 이 음악회의 백미요 절정이 있었다. 이용선 명창의 판소리 「쑥대머리」와 고은영 소프라노의 「고엽」…. 그냥 탄식의 환호만이 이어졌다. 그렇게 오지(奧地) 시골의 작은 음악회는 큰 울림으로 오지게 마감되었다.

창극 「로미오와 줄리엣」으로의 초대

 국립극장의 창극 「로미오와 줄리엣」이 전주에 온다! 창극의 본향이라 할 수 있는 이곳에 이 '젊은 창극'이 겁 없이 찾아오는 것이다. 어쩌면 판소리의 본고장에서 그 작품성을 시험해 보고 싶어서인지 모를 일이다. 아니면 이미 여러 곳에서 긍정적 평가를 받은 자신감으로 자랑하려고 찾아오는지도 모르겠다.

어찌되었든 반가운 일이다. 그동안 이 지역에서도 창극의 가능성, 그 대중화와 세계화를 위해 나름 노력해 왔다. 나름의 작품성을 기반으로 한국음악 전체의 위상도 강화시켰고 상당히 긍정적인 평가도 이끌어 냈다. 하지만 아직도 그 가능성 부분에서는 커다란 대중적 지지를 얻어내지 못한 것 같다.

서양 고전음악에 주눅 들고 대중음악에 기가 질려 주의 깊게 들어보지도 않고 재미가 없다, 지루하다, 다양성이 부족하다는 등 한국음악에 대한 부정적 기운이 아직도 팽배하기만 하다. 이번 공연에 큰 기대를 거는 것은 이를 통해 이 반전될 줄 모르는 분위기를 조금이나마 바꿔 볼 수 있지 않을까 해서다.

창극 「로미오와 줄리엣」의 등장은 분명 작지만 의미심장한 '사건'이다. '우리 시대의 창극' 「청」이나 「적벽」이 이룩한 것에 못지않은 성취였다. 우선 그 '단출함' 혹은 '기동성'을 높이 사고 싶다. '우리 시대의 창극'은 국가 브랜드에 걸맞은 탁월한 작품성과 화려함을 분명 지니고 있다. 그러나 공연이 쉽지 않다. 어지간한 무대에는 올릴 수도 없고 예산 자체도 큰 부담으로 작용한다. 그것에 비해 이 '젊은 창극'은 적은 예산으로도 무대 규모에 크게 구애받지 않고 올릴 수 있다.

또 하나 창극 「청」이나 「적벽」이 기왕의 판소리에 크게 기대고 있는 반면 이번 작품이 전혀 새로운 창작을 통해 태어났다는 점도 눈여겨볼 대목이다. 기왕의 판소리 다섯 바탕에 의존해야 하는 경우 그 수는 제한적일 수밖에 없다. 그러나 이 작품은 세계 모든 고전의 창극화 가능성을 열어 주었다. 창극 「햄릿」, 「안티고네」, 「군도(群盜)」 등 수많은 젊은 '창극의 길'을 활짝 열어 준 것이다.

창극 「로미오와 줄리엣」의 무대는 매우 단출하다. 크게 전반부와 후반부로 구분되지만 소품들의 들락거림을 빼면 거의 변화가 없다. 평지와 약간의 경사를 지닌 풀밭언덕이 전부다. 그러나 이 밋밋함은 의도적인 것이다. 셰익스피어의 한국화를 시도하면서 무대를 그냥 들여올 수는 없는 일. 우리 전통 대동놀이마당의 원형을 거의 그대로 살린 것이다. 무대의 화려함에 기대기보다 창극 본래의 묘미로 승부하겠다는 진정성을 엿볼 수 있는 부분이다. 볼거리에 지나치게 의존하다가 정작 음악이나 배우들의 연기는 묻혀 버리고 마는, 요즘 유행하는 대형 뮤지컬과 다른 길을 선택한 오기만 해도 높이 살 만한 것이다.

우리 소리의 보배 안숙선의 작창(作唱)은 역시 우리를 실망시키지 않았다. 젊은 작곡자 이용탁의 음악도 무대의 단조로움으로 인한 따분함을 멀리 날려 버려 주었다. 때로는 묵직한 아쟁으로, 때로는 처연한 해금으로, 그러다가 대금, 소금, 피리, 가야금, 거문고의 도움을 받아 원본에 꽤 충실한 대사와 창을 멋스럽게 받들어 준 것이다.

우리 전통음악을 통해 한국화를 시도하면서도 이 작품은 원전에 매우 충실했다. 그것을 시위라도 하는 양 원전 자막을 우리말 자막과 병행하여 배치했다. 원래 작품의 핵심적인 부분만 차용하고 나머지는 전체 흐름에 맞게 얼버무릴 수도 있을 텐데 그 쉽고 편한 길을 택하지 않았다. 2시간 반이라는 좀 버겁다 싶은 공연시간을 고집한 것도 '실용'을 빙자한 대충대충과는 거리가 꽤 먼 집념을 확인할 수 있는 대목이다.

창극 「로미오와 줄리엣」은 분명 우리 지역에 큰 화두로 작용할 것이다. 이 공연이 끝나면 한국음악의 본고장으로서의 화답을 준비해야 한다. 제대로 준비하기 위해서라도 우선 꼼꼼히 지켜볼 일이다. 그것 자체가 판소리 본고장으로서의 예의이기도 한 것이고.

이상한 연주회

기대가 크면 실망이 크다. 이번 중국 '여자12악방'의 공연에서도 이 진리는 확인되었다. "아시아를 넘어 세계와 소통하다!" 적어도 이번 공연을 보고 이 구호에 동의하기는 쉽지 않다.

우선 공연 방식이 이해하기 어려웠다. 라이브 공연의 장기를 거의 살리지 못했다. 노래도 아니고 악기 연주에 왜 그렇게 강한 녹음반주를, 그것도 처음부터 끝까지 쓸 수 있단 말인가?

물론 13명의 미녀들이 보여 준 무대 매너나 연주 역량은 훌륭했다. 무대를 완전히 장악하고 자신감 넘치게 연주하는 모습은 눈을 즐겁게 해 주기에 충분했다.

그러나 귀는 매우 따분했다. 모든 곡에서 그 매혹적인 연주음들이 소란스럽고 단조로운 타악 녹음반주에 묻혀 버려 감동하기 위해 준비된 마음마저 겸연쩍게 만들어 버렸다. 둔탁한 타악 전자음 때문에 해금보다 부드러운 얼후 특유의 음색도, 청아한 비파의 맑게 통통 튀는 소리도, 가을에 어울리는 대금 닮은 중국 관악기 특유의 연주음도 구분해 들을 수 없었다. 심지어 '두시엔친'이란 독특한 악기의 연주마저도 녹음반주가 범벅으로 만들어 버려 뭣 때문에 독주무대를 차비하느라 애를 썼는지 이해할 수가 없었다.

어떻게 처음부터 끝까지 이런 식으로 공연을 끌고 갈 수 있는가? 이들 공연이 항상 이런 형태였는지 확인할 수 없어 화만 낼 수도 없는 입장이지만, 항상 그랬다면 그렇게 많은 이들이 이 연주단에 열광하는지 그 이유가 납득이 안 가고, 이번에만 그랬다면 그것은 분명 모욕적인 일이다. 청중의 수준을 너무 무시한 연출이라 할 수 있는 것이다.

또 하나 중국 음악의 독특한 면을, 연주악기 말고는 거의 확인할 수 없었다는 점도 매우 아쉬운 대목이다. 이 부분은 취향과 관계된 것이어서 조심스럽지만, 어떻게 조금 느리고 차분하게 시작되었다가 하나같이 소란스러운 록 음악 형태로 수렴되는가 하는 문제는 분명 짚고넘어가야 할 대목이다. 사회주의 리얼리즘의 대중성, 그 소박한 (조금은 천박한) 낙관적 낭만성을, 문화대혁명에 대한 반성을 그렇게 하고도 여전히 간직하고 있단 말인가?

이번 공연을 통해 얻은 것이 있다면 역시 퓨전도 진정성을 갖추어야 의미가 있다는 것, 어설픈 섞음으로는 감동을 견인할 수 없다는 것 등을 생생하게 확인했다는 점일 것이다. 이날 게스트로 참여한 소리아(Sorea)의 공연은 이 점을 더욱 분명하게 각인시켜 주었다. 보컬이 있어 라이브의 생동감을 잘 살릴 수 있었지만, 그들이 들려주는 국적 불명의 리듬과 선율은 '국악퓨전'이란 말이 무색할 정도로 한국음악과는 애초 아무 상관도 없는 것이었다. 악기도 액세서리 이상의 역할을 하지 못했으며, 묘하게 흔들며 연주하는 모습은 한국음악에 대한 부정적 인상만 심어 줄 것 같아 무척 안타까웠다.

이날 공연의 백미는 '산인밴드'의 신선한 연주라 할 것이다. 이들 연주가 없었다면 공연장 찾은 것 자체를 후회할 뻔했다. 녹음반주에 지나치게 의존하고 있는 소리아의 반대편에 서서 라이브 공연의 진정성을 보여 준 것이다.

한국음악의 대중화와 세계화, 그 해법을 찾겠다며 단체관람을 한 도립국악원 단원들은 과연 무엇을 느끼고 돌아갔을까? 청중들 감수성의 섣부른 하향평준화로는 대중화도 세계화도 꾀할 수 없다는 것을 아프게 깨달았을까? 자신감 넘치는 무대매너와 뛰어난 연주 실력, 녹음반주의 방해에도 불구하고 돋보인 '신고전주의' 등이 보여 준 과감하고 신선한 편곡 등 분명 '여자12악방'을 세계적으로 유명하게 만들어 준 긍정의 요소들도 확인하고 돌아갔을까?

진정 그랬으면 좋겠다. 이번 공연을 타산지석으로 삼아 진정성과 독창성을 함께 갖춘 국악퓨전곡과 역량을 갖춘 연주자들이 많이 나왔으면 좋겠다. 그래야 이 아쉬움이 아쉬움만으로 그치지 않을 터이니.

소리축제, 이제 다시 시작이다

신종플루 호들갑에 소리축제마저 추풍낙엽이 되고 말았다. 아르헨티나의 가수 수잔나와 우리 심수봉이 함께 엮어 갈 이색 무대에 대한 기대도 허한 한숨과 더불어 날아가 버렸다. 세계적인 소프라노 신영옥의 공연을 보여 주겠다고 외교사절까지 초청했는데 닭 쫓던 견공 신세가 되어 그 뒷수습에 지붕 쳐다볼 여유조차 없다.

새로운 축제 장소로 지목되면서 한껏 기대에 부풀어 있던 한옥마을의 분위기도 예사롭지 않으며, 지역 문화예술계도 때아닌 찬바람에 진짜 감기 조심해야 할 처지에 몰리고 말았다.

그러나 백신조차 없는 홍두깨 독감에 걸려 심한 몸살을 앓고 있을 축제 관계자들에 비하랴! 시작 자체가 늦어진데다가 예산확보마저 매끄럽지 못해 숱한 어려움을 겪으면서도 소리축제를 살려야 한다는 사명감 하나로 밤을 낮 삼아 준비해 온 사람들이 감내해야 할 그 참담함을 생각하면 서운하다거나 유감이라는 말조차 꺼낼 수가 없다. 더구나 이미 맺은 수많은 계약의 해지 및 정산 등 미묘하고 선례도 없는 일을 아무런 전망도 없이 추슬러야 하는 번잡함이라니!

그렇다고 도깨비 같은 신종플루를 탓하거나 방역 책임을 전가하기 위해 급하게 위협공문을 내려 보낸 정부를 비난하고 있을 여유가 없다. 내년을 준비해야 하기 때문이다. 주저앉아 탄식만 하고 있을 게 아니라 이번의 '해프닝'을 '약진의 발판으로' 삼을 지혜를 차분히 모아 나가야 한다.

이를 위해 우선 요구되는 것이 조직의 안정화다. 공연 중심 축제의 경우 양질의 프로그램 확보 못지않게 중요한 것이 지속적인 홍보와 마케팅이다. 이는 안정적인 조직을 기반으로 해서만 가능하다. 올 소리축제에 대해 염려의 소리가 끊이지 않았던 것도 이러한 점 때문이었다.

시간에 쫓기면 수준 높은 연주자들도 섭외할 수 없고 최고의 홍보수단인 입소문을 기대할 여지도 없다. 더 심각한 것은 내일을 기약할 수 없는 조직의 불안정 속에서는 축제 성패의 핵심고리라 할 수 있는 조직원들의 자발적인 열정도 이끌어 낼 수 없다는 점이다.

그래서 '이제 다시 시작이다!' 올해 준비과정의 소중한 체험, 그 시행착오까지를 물려받을 수 있어야 한다. 새롭게 조직을 꾸리느라 귀한 시간 낭비할 수는 없다. 축제 조직원들이 어렵게 구축한 소중한 인적 네트워크도 지속적인 소통을 통해 견고하게 다질 필요가 있다. 그래야 이번 일이 단순한 해프닝으로 마무리되는 어리석음을 피할 수 있다.

소리축제 자체가 소중해서만이 아니다. 축제가 결국 지역의 문화 역량을 키워 나가는 데 기여해야 한다면 이를 이끄는 전문 역량의 소중함에 대한 배려가 반드시 선행되어야 한다. 소리축제가 이 지역 소리문화 활성화를 위해 중요한 역할을 해야 한다면 올해의 경험이 결코 '없었던 일'로 흘러가서는 안 된다. 이런 일이 반복된다면 누가 참신하고 독창적인 공연기획을 무릅쓰겠는가? 어느 기획자나 연주가가 내일의 보장이 없는데 위험을 감수하려 하겠는가?

막말로 대사 한마디 치지 못한 배우를 무대에서 내려오게 할 수는 없다. 기왕에 기회를 다시 주어야 한다면 그것은 빠를수록 좋다. 그래야 장기적 전망 속에서 내년을 준비할 수 있으며 뒤치다꺼리하느라 의기소침해진 이들의 지친 마음에 큰 위로의 힘을 실어 줄 수 있다. 실망으로 축 처진 지역주민들의 어깨에도 희망의 날개를 달아 줄 수 있는 것이다.

아무쪼록 해괴망측한 신종플루와 이에 대한 당국의 섣부른 조처를 통해 우리 소중한 소리축제가 오히려 탄탄한 면역력을 갖추게 되었으면 하는 마음 간절하다!

변해도 변하지 않는 것

피상적인 것도 변하고 심오한 것도 변한다.

사람들의 사고방식도 변하고

이 세상의 모든 것이 변한다.

세월이 지나면 기후도 변하고 양치기도 양떼를 바꾼다.

그렇게 모든 것이 변하듯이

내가 변하는 것도 이상하지 않다.

아르헨티나 국민가수 메르세데스 소사의 「모든 것은 변한다」의 노랫말이다. 여린 연둣빛 봄이 짙푸른 녹음으로 변한 지 오래, 이제 곧 바람이 선선해지면 황금빛 들녘으로, 그리고 하얀 수의의 벌판으로 변해 갈 것이다. 때로는 그러한 변화에 의한 다양함이 무료함도 달래 주고 힘겨운 현실에 희망을 갖게도 해 준다. 내일이면 달라지리라는 기대가 없다면 팍팍한 사막길 같은 삶의 여정을 어떻게 견뎌 낼 수 있겠는가?

그렇게 전주한옥마을도 변했다. 한때 이곳은 부자들이 모여 살던, 전주에서 가장 잘 나가던 지역이다. 그러나 주거문화가 아파트 중심으로 변하면서 민원이 끊이질 않는 대표적 슬럼가로 급격히 쇠락해 버린다. 그러다 한일 월드컵 전후 지역혁신을 통해 고즈넉한 기와지붕의 가장 한국적인 마을로 주목을 받더니 이제는 연간 수백만의 관광객이 밀리는 명소로 탈바꿈했다. 요즘 같은 무더위에도 태조로와 은행로, 골목골목까지 인산인해, 어깨를 펴고 걸을 수 없을 정도다. 10여 년 사이 천지개벽을 한 것이다.

이곳은 지금도 급하게 변해 가고 있다. 그런데 이제 그 변화가 반갑지만은 않다. 너무 급격한 상업화로 본래의 정취, 정체성 모두 찾아볼 수 없게 변질되어 가고 있기 때문이다.

느리게 쉴 수 있는 공간을 꿈꾸었는데 시끌벅적한 장터로 변했다. 처음 기획할 때 서울의 인사동처럼 되어서는 안 된다고 강조를 했었는데 '위대한' 자본의 힘에 밀려 똑 그렇게 닮아가고 있다. 다시 소사는 이렇게 노래한다.

하지만 내가 아무리 멀리 있더라도
내 조국과 민족의 고통과 그에 대한 기억은
그리고 그들에 대한 사랑은 변하지 않는다.
어제 변한 것은 내일에도 변해야 한다.
이 먼 땅에서 내가 변한 것처럼
변한다, 모든 것이 변한다.
하지만 내 사랑은 변하지 않는다.

변화의 무상함에 속이 상할 때에는 특히 이런 노래가 격려가 된다. 모두 변한다지만 분명 변하지 않는 게 있다. 이 노래가 주는 감동이 그렇고 전통문화나 한옥마을에 대한 우리 사랑이 그렇다.

모두 변한다는 진리가 변하지 않듯 변화에 굴하지 않는 사랑만이 바람직한 변화를 견인할 수 있다. 이 또한 변할 수 없는 '말씀' 으로 또 위로가 된다.

이종민의 秋水客談
미치거나 즐기거나

펴낸날   초판 1쇄 2015년 4월 25일

지은이   이종민
펴낸이   서용순
펴낸곳   이지출판

출판등록   1997년 9월 10일 제300-2005-156호
주 소   110-350 서울시 종로구 율곡로6길 36 월드오피스텔 903호
대표전화   02-743-7661 팩스 02-743-7621
이메일   easy7661@naver.com
디자인   박성현
인 쇄   (주)꽃피는청춘

ⓒ 2015 이종민

값 13,000원

ISBN 979-11-5555-028-1 03810

이 도서의 국립중앙도서관 출판예정도서목록(CIP)은 서지정보유통지원시스템 홈페이지(http://seoji.nl.go.kr)와
국가자료공동목록시스템(http://www.nl.go.kr/kolisnet)에서 이용하실 수 있습니다.(CIP제어번호: CIP2015011333)

이종민의 秋水客談

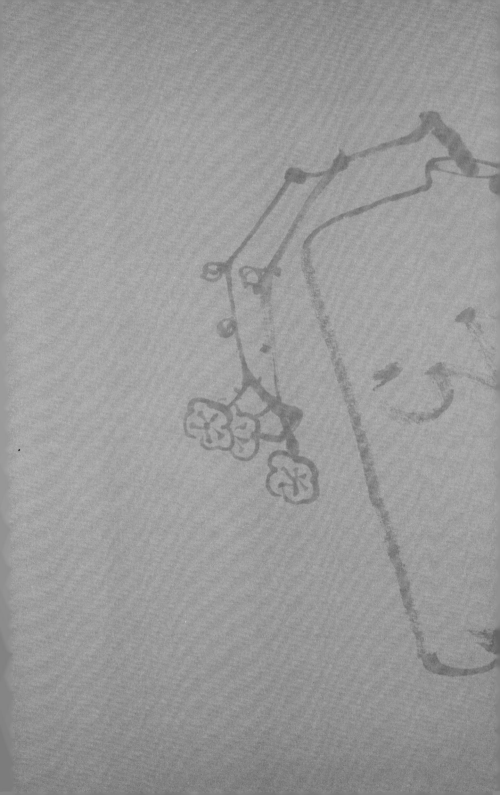

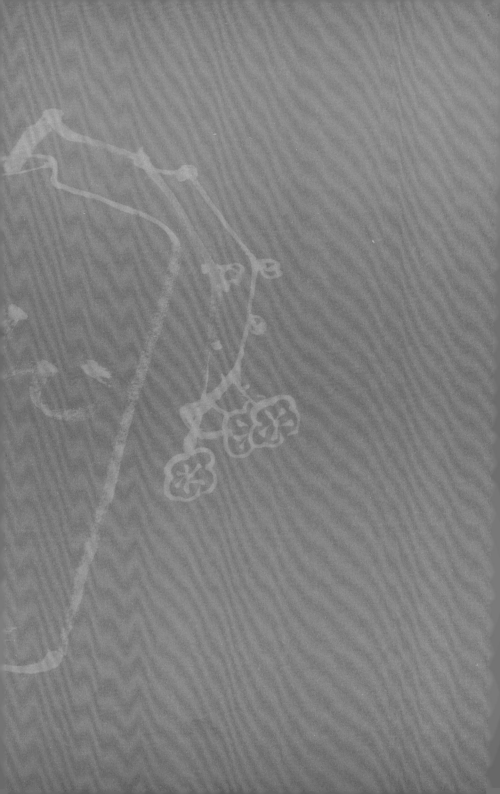